흑제

오렌 퓨전 판타지 장편소설

FUSION FANTASY STORY & ADVENTURE

6

dream
books
드림북스

흑제 6

초판 1쇄 인쇄 / 2013년 7월 24일
초판 1쇄 발행 / 2013년 7월 31일

지은이 / 오렌

발행인 / 오영배
책임편집 / 편집부
펴낸 곳 / (주)삼양출판사 · 드림북스

주소 / 서울특별시 강북구 솔샘로67길 92
대표 전화 / 02-980-2112 팩스 / 02-983-0660
편집부 전화 / 02-980-2116 팩스 / 02-983-8201
블로그 / blog.naver.com/dreambookss

등록번호 / 제9-00046호
등록일자 / 1999년 3월 11일

ISBN 978-89-542-5310-9 (04810) / 978-89-542-5095-5 (세트)

* 지은이와 협의하에 인지는 생략합니다.
* 잘못된 책은 구입한 곳에서 바꾸어 드립니다.

이 도서의 국립중앙도서관 출판시도서목록(CIP)은 서지정보유통지원시스홈페이지(http://
seoji.nl.go.kr)와 국가자료공동목록시스템(http://www.nl.go.kr/kolisnet)에서 이용하실 수
있습니다. (CIP제어번호: 2013012338)

DARK EMPEROR

흑제

6

오렌 퓨전 판타지 장편소설

FUSION FANTASY STORY & ADVENTURE

dream books
드림북스

DARK EMPEROR

흑제

Contents

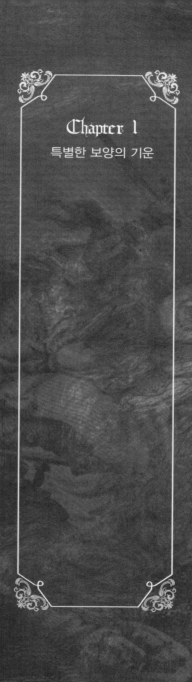

Chapter 1
특별한 보양의 기운

"건방떨지 마라! 너는 나에게 뒈질 첫 번째 마족이 될 것이다!"

엘프의 수호 정령 엘리나이젤의 음성은 숲을 쩌렁쩌렁 울렸다. 마족 카수스는 그의 음성을 듣는 순간 흠칫 안색이 굳어졌다.

'이상해. 놈이 듣던 바와는 다르다. 정말 엘리나이젤이 맞나?'

심상치 않은 기운을 풍기는 은발 청년이 엘프의 수호 정령 엘리나이젤이라는 사실을 카수스가 짐작하기란 어렵지 않았다. 그리고 그녀는 엘리나이젤이 그리 강한 정령이 아니라는 것도 잘 알고 있었다.

그런데 이상하게도 지금 엘리나이젤로부터 풍기는 기세는 결코 상급 마족인 그녀의 아래가 아니었다. 그것은 매우 꺼림칙한 느낌을 주었다. 물론 그렇다 해서 그것이 그녀를 두려움에 빠지게 할 수는 없었지만.

"오호호홋! 가소롭구나. 고작 엘프의 수호 정령 주제에 상급 마족인 나 카수스에게 덤비겠다는 거야?"

엘리나이젤이 코웃음 쳤다.

"너는 대단한 착각에 빠져 있군. 지금은 말할 것도 없지만 예전에도 너 같은 것 하나쯤은 골로 보낼 수 있었다."

그러자 카수스가 깔깔 웃었다.

"용케 살아나더니 허풍만 늘었구나. 너의 망상이 얼마나 허황된 것인지 알려 주마."

곧바로 카수스의 몸체가 세 배 이상 커지더니 여섯 개의 손에 각각 여섯 가지의 다른 무기들을 쥔 채 엘리나이젤을 향해 돌진했다.

아마스칼은 붉은 피부를 가진 거인의 형상으로 변해 엘리나이젤을 향해 달려들며 외쳤다.

"뭣들 하느냐? 이 숲에 있는 것들을 모조리 죽여라!"

그러자 수많은 언데드들이 기다렸다는 듯 앞으로 달려

나갔다.

키키키키.

끄끄끄끄.

마족의 의지에 의해 언데드가 되었기에 그것들은 오직 살육과 파괴 본능에 사로잡혀 있었다. 인간으로서의 본능은 사라진 지 오래인 그들은 세상에 존재해서는 안 될 저주받은 존재였다.

그러한 언데드들의 숫자는 무려 1천이 넘었고, 그 언데드들을 뒤따라 인페르노의 어새신들도 일제히 공격을 개시했다.

그러자 로다이크를 비롯한 언데드 엘프들이 동공을 번뜩이며 앞으로 나섰다.

"크크크! 언……데드들은 저희들이 맡겠습니다."

"저…… 어새신들도 우리에게 맡겨 주십시오."

엘리나이젤은 차갑게 웃으며 고개를 끄덕였다.

"내가 바라던 바다. 그대들에게 맡길 테니 모조리 쓸어버려라."

언데드는 언데드로 상대한다. 그것도 언데드 엘프들은 보통의 언데드가 아니라 대부분 생전에 검술이나 마법에 있어 마스터 급의 경지에 이르렀던 엘프 장로들이 아니었던가.

따라서 애초부터 상대가 안 되는 전투였다. 수적으로는 흑탑의 언데드들이 훨씬 많았지만, 언데드 엘프들 앞에서는 그러한 수적 우세가 아무런 의미가 없었다. 흑탑의 언데드들은 제대로 대항도 못 해 보고 무력하게 쓰러질 뿐이었다.

카수스와 아마스칼은 그 모습을 보고 인상을 찡그렸다.

"빨리 이놈을 죽인 후 저것들을 쓸어버려야겠다, 아마스칼."

"크크큿! 엘리나이젤 놈만 죽이면 저것들은 알아서 쓰러질 겁니다."

카수스와 아마스칼이 엘리나이젤의 양옆을 포위하며 달려들었다. 그 순간 엘리나이젤이 코웃음 치더니 양팔을 옆으로 쭉 내밀었다. 그의 양손은 끝이 날카로운 검 형상의 나무로 변해 있었는데, 그로부터 짙푸른 광채가 이글거리고 있었다.

스컥! 스커커컥!

그 광채들에 휩쓸리자 카수스가 자랑하던 여섯 개의 팔들이 무력하게 끊어져 버렸다. 또한 아마스칼의 복부에 구멍이 뚫렸고 그곳으로부터 붉은 혈액이 콸콸 쏟아져 나왔다.

"꾸으으윽!"

"커으윽!"

카수스와 아마스칼이 기겁하며 물러날 틈도 없이 엘리나 이젤의 양팔이 굵은 넝쿨처럼 뻗어 나가 그들의 몸을 뱀처럼 칭칭 휘감아 버렸다.

"끄윽! 이런!"

"제기랄!"

카수스 등이 벗어나려 했지만 넝쿨은 오히려 그들의 몸을 파고들고 있었다.

"사악한 마족 놈들! 너희는 절대 벗어날 수 없다. 크흐! 내가 얼마나 오늘을 기다렸는지 아느냐? 이제 지난 일백 년 동안의 고통에 대한 대가를 치르게 해 주마. 너희 마족들에 대한 나의 분노를 느껴 봐라!"

우드득! 우드드득!

"끄아아아아악!"

뼈골이 부러지는 참혹한 소리와 끔찍한 비명이 들렸다. 카수스의 하체가 일그러진 채 형체를 알아볼 수 없게 찢겨 있는 것을 본 아마스칼의 두 눈에 경악이 어렸다.

'저럴 수가!'

카수스가 제대로 손도 못 써 보고 당하다니! 아마스칼은 설마 엘프의 수호 정령이 가진 힘이 이토록 엄청날 줄은 상상도 하지 못했다.

그는 애초부터 무혼이 없는 트레네 숲은 고바 제국의 소드 마스터인 알렌 백작을 제외하면 그리 두려워할 만한 존재가 없다고 여겼던 터였다. 그런데 난데없이 엘프의 수호정령이 튀어나오고, 어지간한 하급 마족에 육박할 만한 실력을 지닌 언데드 엘프들이 대거 나타날 줄이야.

'크으! 바보 같은 놈들! 조사를 제대로 안 했다는 말인가?'

아무래도 트레네 숲에 대한 조사를 인페르노의 어새신들에게만 맡겨 두었던 것이 잘못되었던 듯싶었다. 이곳에 엘리나이젤이 있다는 것을 알았더라면 아마스칼은 보다 완벽한 준비를 하고 왔을 것이다.

'으득! 어쩔 수 없지. 오늘은 이대로 물러가야겠군.'

마족 카수스가 순식간에 당한 이상 승산이 전무했다. 그 사이 카수스의 머리는 몸체에서 뜯겨 나와 허공에 둥둥 매달려 있었고, 머리를 잃은 몸체는 바둥거리며 참혹한 몸부림을 치고 있었다.

카수스는 고통에 울부짖으며 살려 달라고 빌었지만 엘리나이젤은 오히려 코웃음을 치며 카수스의 몸체를 완전히 박살 내 버렸다. 동시에 카수스의 머리도 허공에서 팍, 소리와 함께 터져 나갔다.

끔찍스럽기 짝이 없는 광경이었지만 엘리나이젤은 눈 하나 깜빡하지 않았다. 사람의 피를 빠는 모기를 죽이는 데

망설임이 없듯, 마족을 죽이는 데 있어서는 조금의 인정사정도 두지 말아야 한다는 것이 엘리나이젤의 신조였다. 동시에 그것은 그의 로드인 무혼의 방침이기도 했다.

엘리나이젤의 섬뜩한 두 눈이 이내 아마스칼을 향했다. 마족인 줄 알았지만 다시 보니 아니었다. 그러나 어지간한 마족 못지않은 기세를 풍기고 있는 아마스칼은 엘리나이젤이 보기에 매우 의아한 존재였다.

"너는 누구냐?"

그러자 아마스칼이 키득 웃으며 대답했다.

"여기서 내가 누군지 뭐가 중요한가? 그래도 이름만은 특별히 알려 주마. 내 이름은 아마스칼이다. 사망이라는 뜻을 가지고 있지. 내 이름을 듣게 된 이상 네놈은 머지않아 죽게 될 것이다."

"곧 죽을 녀석이 입은 살아 있구나. 이 마족 녀석이 죽는 꼴을 보고도 그런 소리를 하는가?"

엘리나이젤이 오른팔을 휘두르자 그의 팔에 매달려 있던 카수스의 육편들이 무더기로 바닥에 떨어져 내렸다. 그러나 아마스칼은 인상을 찌푸리기만 할 뿐 그다지 겁을 먹은 표정이 아니었다.

"쿡쿡! 카수스 님이 죽은 것은 나로서는 매우 안타깝기 그지없구나. 그런데 그것이 어쨌다는 거냐?"

그러자 엘리나이젤은 어이없어하는 표정을 지었다.

'저놈 뭔가 믿고 있는 게 있는가?'

엘리나이젤이 보기에 아마스칼의 능력은 방금 전 죽음을 당한 마족 카수스에도 미치지 못했다. 그런데도 아마스칼은 마치 자신이 살아서 돌아갈 수 있을 것이라 확신하는 듯 느긋한 미소를 머금고 있는 것이 아닌가?

'쓸데없는 수작을 부리기 전에 없애 버려야겠군.'

엘리나이젤의 두 눈에 힘이 들어가는 순간 그의 왼팔에도 힘이 들어갔다.

우두둑! 우두두둑!

곧바로 붉은 피부의 거인 아마스칼의 몸이 일그러지더니 이내 산산조각 나 버렸다.

"……!"

그러나 엘리나이젤은 인상을 확 찌푸린 채 근처를 살피고 있었다.

'껍질을 벗듯 육체를 버리고 달아나다니. 놀라운 녀석이로군.'

붉은 피부의 거대한 육신이 순식간에 육편으로 변해 버렸다. 누가 봐도 아마스칼이 죽은 것으로 생각하겠지만, 엘리나이젤은 아마스칼의 몸을 박살 내는 순간 그것이 이미 그의 본신이 아니라는 것을 깨달을 수 있었다.

부서지는 육편들은 생명체가 아닌, 인위적으로 만들어진 하나의 고깃덩어리와 흡사했다. 그것은 오랜 세월을 살아오며 축적된 엘리나이젤의 지식으로도 상상하기 힘든 것이었다.

'놈은 순식간에 다른 뭔가로 옮겨 갔다. 어쩌면 저 언데드들이나 어새신들 중의 하나로 옮겨 갔을지도 모르겠군.'

만일 조금 전 아마스칼이 쓴 방법이 시체로 영혼이 빙의되는 일종의 흑마법이라면, 그의 영혼은 그가 데려온 언데드들이나 어새신들 중 누군가에 빙의되었을 가능성이 높았다.

그렇다면 아마스칼은 절대로 달아날 수 없었다. 이미 이곳은 엘리나이젤이 펼친 결계로 인해 봉쇄된 상태이기 때문이다.

'놈이 저 중에 있다면 분명 죽게 될 것이다.'

잠시 후 어새신들과 언데드들은 언데드 엘프들에게 모두 정리가 되었다. 어새신들은 참혹한 시체로 변했고, 언데드들은 형체를 알아볼 수 없을 정도로 모두 뭉개져 있었다.

문제는 어새신들과 달리 언데드들의 경우 시간이 지나면 다시 본래의 상태로 복원된다는 것이었다. 그들을 언데드로 만든 마족이 죽지 않는 한, 그들은 불사의 존재와 마찬가지였다. 그것은 엘리나이젤의 힘으로도 어쩔 수 없었다.

물론 엘리나이젤은 그에 대해 특별한 걱정을 하지는 않았다. 오히려 그들을 트레네 숲의 한 곳으로 몰아넣고 언데드 엘프들의 장난감으로 삼을 생각이었으니까.

그곳의 언데드들은 부활하는 족족 언데드 엘프인 로다이크 등에게 다시 죽음을 당하게 될 것이다. 항상 심심해하는 언데드 엘프들에게 일종의 장난감들이 대량으로 생겨난 것이라 할 수 있었다.

또한 언데드들은 트레네 숲에 있는 몬스터들이나 엘프들에게 실전을 수련할 수 있는 용도로 사용하기에도 적합했다.

'후후후, 언데드들로 수련장을 만든다는 이 발상! 이 얼마나 멋진 발상인가? 나는 정말 천재가 분명해. 로드께서도 탄복하시겠군.'

엘리나이젤은 숲의 나무 정령들과 결계의 힘을 이용해 언데드들을 트레네 숲 동부에 있는 절벽 지대 아래 독지(毒地)로 이동시켰다. 독충들이 득실거리는 그곳이야말로 언데드들이 활동하기 좋은 곳이며, 몬스터들의 수련장으로 아주 적합한 곳이라 할 수 있었다.

이렇게 트레네 숲을 향한 마족의 1차 침공은 엘리나이젤과 언데드 엘프들의 압승으로 끝이 났다. 전리품으로 1천 마리가 넘는 막대한 언데드들을 챙겼을 뿐 아니라, 마족 카수스를 죽임으로써 엘리나이젤의 진원에도 미량이나마 암흑의 마나가 흡수되었다.

이는 무혼이 만들어 준 진원이 엘리나이젤의 체내에 존재하기 때문에 자연히 벌어진 현상으로, 엘리나이젤은 뜻하지 않은 보양(?)을 한 셈이 되었다.

그러나 그 방식은 무혼이 직접적으로 마족의 다크 하트를 박살 낸 후 심법을 통해 그 즉시 흡수하는 방식과는 다른 것이라, 엘리나이젤의 진원이 암흑의 마나를 흡수하는데는 엄밀한 한계가 존재했다.

엘리나이젤은 태곳적부터 최상급 정령이며 그의 정령력은 그때부터 정해진 것이었다. 그러다 무혼이 심어 준 진원으로 다크 엘리나이젤이 되면서 그의 정령력 또한 순수한 암흑의 속성을 띠게 되었다.

그로 인해 그가 이전보다 훨씬 강력해진 것은 맞다. 그러나 그것은 암흑 마나가 가진 특수성 때문이지, 그가 보유한 정령력의 절대량에 어떤 변화가 있는 것은 아니었다.

다시 말해, 정령인 엘리나이젤이 그 스스로 외부의 암흑 마나를 흡수하여 정령체에 축적한 다음 그 마나를 더욱 강한 정령력으로 발휘하는 것은 본질적으로 불가능한 일이었다.

따라서 그가 흡수한 것은 카수스의 다크 하트가 보유하

고 있던 암흑 마나의 극히 일부에 불과했고, 그 또한 진원의 근처에서 이질적인 기운으로 존재했다.

그런 식으로 엘리나이젤에게 흡수되지 못한 다른 암흑 마나들은 모두 멀리 흩어져 버렸다. 그리고 그렇게 흩어진 암흑 마나는 트레네 숲에 펼쳐진 결계로 인해 트레네 숲을 벗어나지 못했다.

그것은 비단 카수스의 암흑 마나뿐 아니라 어새신들이 보유하고 있던 마나도 마찬가지였다.

물론 각각의 어새신들이 가진 마나는 카수스에 비하면 보잘것없었지만, 그래도 어새신들이 남겨 준 마나의 총합은 막대한 것이었다.

이러한 기운들이 트레네 숲 전체로 흩어지며 그 와중에 자연스레 소멸되기도 했지만, 소멸되지 않은 기운들은 숲을 이루는 마나의 기류 중 하나로 자리를 잡았다.

이로써 트레네 숲의 마나는 더욱 왕성해지게 된 것이었다. 그리고 그 왕성한 마나의 기운은 이곳에서 마나를 수련하는 이들에게 큰 도움이 될 것이 분명했다.

엘리나이젤은 그러한 사실을 아주 잘 알고 있었다. 카수스가 가진 암흑 마나의 일부를 자신이 흡수해 보양을 한 것부터 시작해 언데드 수련장이 생긴 것과 또한 트레네 숲에 마나의 기운이 더욱 충만해진 것까지! 그로서는 흐뭇하지 않을 수 없었다.

그러나 한 가지 매우 꺼림칙한 것이 있다면 바로 아마스칼이었다. 그는 어디론가 감쪽같이 사라져 버렸다.

만일 아마스칼이 언데드들 중의 하나로 잠시 빙의했거나 했다면, 그들의 몸체가 부서질 때 그 역시 죽었겠지만, 엘리나이젤은 왠지 아마스칼이 어떤 식으로든 죽지 않고 살아남아 있을 것이라는 생각을 버리기 힘들었다.

'놈은 살아 있다!'

최상급 정령인 그의 본능적인 직감이니 그것은 결코 틀리지 않을 것이었다.

'애초부터 놈의 본신이 나타나지 않았어. 나는 놈의 분신만 해치웠을 뿐이다.'

아마스칼은 앞으로 또 분신을 앞세워 나타날 수도 있을 것이다. 그렇다고 그것이 무슨 큰 걱정이 되는 것은 아니었다. 나타나면 그때마다 부숴 주면 되니까.

그렇다 해도 은근히 신경은 쓰이지 않을 수 없었다. 그것은 성가신 모기가 주기적으로 계속 나타날지도 모른다는 데서 오는 짜증스러움과 흡사했다.

'흐음, 그건 그렇고 이 특별한 보양의 기운을 어디다 써 먹어야 될까?'

비록 약간이지만 암흑의 마나가 체내에 맴돌고 있었다.

이것은 그가 가진 암흑의 정령력과는 다른 것으로, 정령력을 통해 발휘할 수 없는 이질적인 기운이었다.

'잘하면 이걸 통해 나도 인간들이 사용하는 마법이나 검술 비슷한 걸 펼쳐 볼 수도 있겠군.'

물론 그래 봤자 위력은 거의 없을 것이다. 다시 말해 그의 본질적인 전투력이나 엘프의 수호 정령으로서의 보호 능력에는 거의 도움이 되기 힘들다는 말이었다.

정령력을 일으켜 주먹을 휘두르면 작은 산이라도 무너뜨려 버릴 수 있는 그에게 있어, 그것의 수천분의 일도 안 되는 마나의 힘이 무슨 필요가 있다는 말인가?

엘리나이젤은 누구보다 그 사실을 잘 알고 있었다.

그러나 암흑 마나에는 뭔가 여흥거리로 삼아 즐기기에는 충분한 구석이 존재했다. 비록 위력은 미약하지만 정령력으로는 할 수 없는 잡다한 것들을 해 볼 수 있기 때문이다.

이를테면 그는 이제 언데드와 같은 암흑 속성의 몬스터에 의식의 일부를 빙의시킨 후 그것을 조정해 흑마법이나 검술을 펼쳐 볼 수도 있었다.

그런데 왜 그런 쓸데없는 짓을? 솔직히 전혀 쓸모없는 짓일 뿐이다. 전투력에는 하등 도움이 되지 않으며 오히려 번거롭기만 할 텐데.

그러나 그것은 그로서는 그야말로 아기자기한 장난이며

매우 흥미진진한 놀이거리가 될 수 있다는 데 의미가 있었다. 그것 말고도 앞으로 연구를 하다 보면 의외로 매우 훌륭한 뭔가를 발견하게 될 것이다.

그러니까 언데드 물고기를 만들어 물의 정령을 골려 주는 것과 같은……

'흐! 이렇게 순식간에 좋은 생각이 떠오르다니. 나는 역시 천재 정령인 것인가? 과연 생각대로 만들어질지는 모르겠지만, 성공하면 아르나에게 천 년 전의 복수를 해 볼 수도 있겠구나.'

엘리나이젤은 의미심장한 미소를 머금고는 사라졌다.

스스스.

그는 물론 자신의 이 장난을 위해 살아 있는 물고기들을 죽이는 만행은 저지르지 않았다. 그에게 있어 오래전에 죽은 물고기들의 뼈를 대량으로 찾아내는 일은 그리 어려운 일이 아니기에.

트레네 숲에 물과 물고기가 있는 곳은 중앙의 하늘 호수 외에도 제법 존재했다. 그중 하늘 호수가 가장 방대한 지역일 뿐이다. 그는 트레네 숲 남부에 있는 개천과 작은 호수들을 바람처럼 누비며 뒤졌다.

잠시 후 대량의 오래된 물고기 뼈를 획득한 엘리나이젤은 남부의 으슥한 동굴에서 특별한 연구에 몰두하기 시작했다.

＊　　　＊　　　＊

드넓은 황무지.

황량하게 솟아 있는 나무의 우듬지에 괴조 한 마리가 앉아 있었다.

괴조의 크기는 독수리처럼 큼직했지만 두 눈은 부엉이처럼 크고 눈빛은 섬뜩하도록 붉었다. 그것의 두 눈은 멀리 동쪽의 트레네 숲을 사납게 쏘아보고 있었다.

'크읏! 엘리나이젤의 힘이 그토록 강하다니. 믿을 수가 없군.'

트레네 숲에 엘프의 수호 정령 엘리나이젤이 보호 결계를 펼쳐 둔 사실도 놀랍지만, 그 엘리나이젤의 능력이 흔히 알려진 것과는 차원이 다르도록 강하다는 사실에 괴조는 경악한 터였다.

그뿐이 아니다. 엘리나이젤의 부하들인 언데드 엘프들의 능력 또한 막강하기 그지없었다. 그들은 마족들이 직접 나선다면 모를까, 인페르노의 어새신들이나 언데드들의 힘으로는 대적할 수 없는 이들이었다.

'뭐가 어떻게 된 건지 모르겠군. 엘프의 수호 정령이 어찌 언데드들을 부린다는 말인가? 그러고 보니 놈에게서 풍기

는 기운은 흡사 마족들의 그것과 다를 바 없었다.'

괴조는 엘리나이젤로부터 마족에게나 있는 진원의 암흑 마나와 흡사한 기운이 짙게 뿜어져 나왔던 것을 떠올리며 혼란스러운 표정을 지었다.

'크큿! 그러나 엘리나이젤 네놈은 한 가지 모르는 게 있다. 바로 나 아마스칼은 절대 죽지 않는 불사의 몸을 가진 존재라는 것을 말이야.'

괴조는 다름 아닌 아마스칼이었다. 이로이다 대륙에 있는 모든 선상 마족들의 우두머리이자 마계 유레아즈 마왕의 오른팔인 흑마법사 라사라가 심혈을 기울여 만들어 낸 걸작.

인간이되 인간이 아니었고, 그렇다고 언데드나 마족이라고도 할 수 없는 기이한 존재. 그가 바로 아마스칼이었다.

그가 마신 마족의 피는 한두 종류가 아니었다. 최상급 마족인 라사라가 직접 자신의 피를 일부 아마스칼에게 넣어 주었고, 그 외에도 수십 종류도 넘는 마족들의 피를 얻어 아마스칼에게 마시게 했다.

그러나 마족의 피를 마신다고 인간이 마족과 같은 신체를 가지거나 강력한 힘을 가지게 되는 것은 아니었다. 오히려 그 피의 기운은 인간이 감당할 수 있는 것이 아닌 독액과 같은 것이라 마시는 즉시 죽게 된다.

라사라는 흑마법의 특수한 대법을 통해 아마스칼의 죽음

을 막았고, 연이어 마족의 연금술로 제조한 수많은 약들을 섭취시켜 아마스칼을 지금껏 유례없는 특수한 생명체로 만들었다.

그것은 라사라의 실험 속에서 튀어나온 우연의 산물이었다. 또다시 같은 실험을 한다고 해도 아마스칼과 같은 존재가 나타나리란 보장이 없었다.

지난 백 년간 그녀가 수행한 비슷한 시험 중에 죽어 나간 인간이 수천이 넘었다. 아마스칼은 거기서 살아남은 유일한 인간이었다. 그리고 인간이되 인간이 아닌 존재가 되어 버린 것이었다.

때에 따라 아마스칼은 그가 가진 모든 암흑 마나의 기운을 감추고 완벽한 인간이 될 수도 있고, 폭주하면 마족처럼 괴력을 발휘할 수도 있으며 갖가지 몬스터나 짐승의 모습으로도 변신이 가능했다.

마족으로 폭주했을 때의 전투력은 대략 상급 마족 정도지만, 그의 무서운 점은 그가 본신을 본신과 동일한 능력을 지닌 두 개의 분신으로 분리시킬 수 있는 불가사의한 능력이 있다는 것이었다.

이 중 어느 것이든 파괴되더라도 남은 하나의 분신이 다시 본신이 되게 되며, 그 본신은 상당한 시간이 지나면 다시 두 개의 분신으로 분리되게 된다.

다만 분신들이 본연의 힘을 발휘하려면 서로 일정 거리 이내에 위치해 있어야 하는 문제가 있었다. 그 거리를 벗어나게 되면 분신들의 능력은 대폭 줄어들어 하급 마족 정도의 능력밖에 발휘할 수 없는 것이었다.

따라서 마족 카수스와 함께 언데드 군단들을 이끌고 트레네 숲을 공격했던 아마스칼은 그의 두 개의 분신 중 하나였고, 그의 또 다른 분신은 괴조로 변해 일정한 거리를 두고 뒤따르며 상황을 지켜보고 있었다.

트레네 숲에 진입했던 아마스칼의 분신과 달리, 또 다른 분신은 트레네 숲에 진입하지 않았다. 따라서 엘리나이젤이 펼쳐 놓은 결계에 말려들지도 않았고, 다른 분신이 파괴되는 와중에도 무사할 수 있었던 것이다.

물론 이런 식으로 외부에 의해 분신이 파괴되고 나면 다시 분신을 만드는 데까지는 일정한 시간이 소모되게 되지만 말이다.

〈라사라 님, 아마스칼입니다.〉

―어떻게 되었느냐?

〈실패했습니다. 트레네 숲에는 엘프의 수호 정령 엘리나이젤이 보호 결계를 펼쳐 두었고, 놈의 능력은 듣던 바와는 달리 아주 강했습니다.〉

―뭣이! 엘리나이젤 놈이 그곳에 있었단 말이냐?

〈그렇습니다. 카수스 님이 저항도 못 해 보고 무력하게 죽었습니다. 저 역시 분신이 아니었다면 살아남지 못했을 것입니다. 게다가 언데드 엘프들도 잔뜩 있었습니다.〉

그러자 라사라는 한동안 생각에 잠긴 듯 침묵하다가 말했다.

─엘프의 수호 정령이 죽지 않고 살아나 그곳에 있다니 뜻밖이구나. 그놈을 상대하려면 어느 정도의 전력이 필요하다고 생각하느냐?

〈제 판단으로는 상급 마족 중 최소 대여섯 분 이상이 움직이지 않는 한 엘리나이젤을 손쉽게 제압하기란 불가능해 보입니다.〉

─놈이 그토록 강했단 말이더냐?

〈그런데 문제는 트레네 숲에 엘리나이젤 이외의 또 다른 존재가 있을지도 모른다는 점입니다. 확실한 전력을 알아내기 전에 선불리 공격하다간 자칫 아군의 피해만 속출할 수도 있으니, 차라리 라사라 님께서 상급 마족들을 대거 이끌고 직접 공격을 하신다면 확실하게 쓸어버릴 수 있지 않겠습니까?〉

─멍청한 놈! 그게 그리 쉬운 일이라면 내가 진작 나서지 않았겠느냐? 그사이 다크 포탈이 흩어지기라도 하면 어찌하겠느냐?

〈그, 그렇군요.〉

아마스칼은 고개를 끄덕였다. 신상 마족들이 대거 움직인다면 흑탑의 지하에 완성되어 가는 다크 포탈이 자칫 흩어져 버릴 수 있기 때문이었다.

마계로 이어지는 다크 포탈은 지난 백 년 동안 라사라뿐만 아니라 모든 마족들의 숙원이었다. 그것이 완성된다면 더 이상 마족들은 암흑에서 몸을 사릴 필요가 없어진다.

마왕 유레아즈의 강림.

그가 이곳 세계로 오게 되면 트레네 숲 따위가 아니라 드래곤들도 모조리 쓸어버릴 것이다. 따라서 다른 어떤 것도 다크 포탈을 만드는 것보다 우선순위에서 밀릴 수밖에 없었다.

라사라가 무혼을 해치우려 하는 것도 그가 신상 마족들을 죽여 다크 포탈을 만드는 것에 지장을 초래한 이유가 가장 컸다.

아마스칼이 말했다.

〈라사라님, 그렇다면 제게 시간을 좀 주십시오. 제가 직접 트레네 숲에 잠입해 어떤 놈들이 웅크리고 있는지 확실히 알아내겠습니다.〉

—그게 좋겠군. 아마스칼, 네게는 평범한 인간으로 완벽하게 변신할 수 있는 특별한 능력이 있지 않으냐?

〈그렇습니다.〉

─두 개의 분신 중 하나를 인간으로 변신시킨 후 트레네 숲에 잠입해라. 그리고 그곳에 어떤 녀석들이 또 포진해 있는지 철저히 파악해 내게 보고하도록 해. 시간이 얼마나 걸리더라도 말이야. 모든 공격은 그 뒤로 미루기로 한다.

〈쿠후후후. 맡겨 주십시오. 그거야말로 저의 특기 아니겠습니까?〉

라사라의 새로운 명령을 받은 아마스칼은 황무지의 상공을 날아 서쪽으로 이동했다. 그는 바람같이 쾌속하게 날아가 베라카 왕국의 동부 대도시인 케리어스로 스며들었다.

'크크크. 인간 분신이라. 흥미롭겠군.'

잠시 후 도시 케리어스의 으슥한 뒷골목 어둠 속에서 왜소한 체격을 가진 20대 초반의 청년이 하나 나타났다. 사람들이 북적대는 번화가를 향해 터벅터벅 걸어가는 청년의 입가에는 의미심장한 미소가 가득 맺혀 있었다.

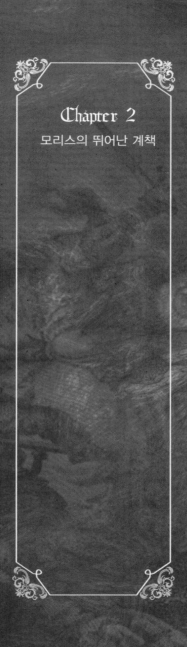

Chapter 2
모리스의 뛰어난 계책

정령의 숲 남부 사막 지대.

무혼은 불규칙한 마나의 기류들로 인해 형성된 험한 기후를 참아내며 계속 내공 수련에 몰두 중이었다.

그사이 한 달도 훨씬 넘는 시간이 훌쩍 지나가 버렸지만 무혼은 수련에 집중하다 보니 그러한 시간의 흐름에 대해 잊어버렸다.

심지어 자신이 무엇 때문에 이곳 정령의 숲에 온 것인지 조차도 새카맣게 잊을 정도였다. 그의 정신은 오직 단전의 내단이 용해되며 본신 내공으로 흡수되는 것과 주변을 흐르는 섬뜩하면서도 가공할 마나 기류 속에서 자연스러운 상태를 유지하는 데만 집중되어 있었다.

극냉의 한기와 용암처럼 지글거리는 엄청난 열기가 하루에도 수시로 교차되는 험한 환경 속에서의 수련은 결코 수월한 것이 아니었지만, 시간이 지나다 보니 어느덧 그것이 매우 익숙해졌다. 무혼은 마치 평화로운 해변의 그늘에서 낮잠을 자듯 편안하게 수련을 즐기게 되었다.

그때부터 무혼의 뇌리 속에는 전마폭풍검법을 비롯해 그가 예전에 살막의 서고에서 보았던 각종 검법 서적들의 초식들이 춤을 추듯 떠다니기 시작했다.

내공 수련과 별도로 머리에서는 검법의 연구가 이루어지고 있는 것이었다. 보통 때보다 머리가 몇 배는 맑아진 상태였고, 그러다 보니 무혼은 이제껏 진전이 없던 새로운 검법의 경지에 눈을 뜨게 되었다.

그것은 형식을 초월해 마음으로 펼치는 무공의 영역이었다. 기로써 검을 제어해 일정 반경을 검의 영역 안에 두어 버리는 가공무쌍한 이기어검의 경지도 그중에 포함되어 있었다.

그렇게 내공뿐 아니라 무공의 경지 자체에도 진척이 생기자 무혼은 뿌듯하기 이를 데 없었다. 그러다 문득 무혼은 자신이 왜 이곳에 있는지 상기했다.

'그렇지. 불의 정화를 얻으러 가야 하는데…….'

그러나 무혼은 그런 생각을 하면서도 수련을 멈추지 않았다. 어쩌면 두 번 다시 얻기 힘든 이 진귀한 수련의 기회를 차 버리고 싶지 않아서였다.

'불의 정화를 얻는 것보다 지금은 수련이 더 중요하다.'

드래곤 친구들인 아그노스와 포르티는 그사이 각각 바람의 정화와 땅의 정화를 구한 후 아지트 카페에서 무혼이 오기를 목 빠져라 기다리고 있을 것이다.

'그들에게는 미안하지만 아직 내단이 완전히 용해되려면 멀었으니 당분간 좀 더 수련을 해야겠어.'

수련광 무혼은 다시 몰아지경의 수련 속으로 빠져들었다.

*   *   *

트레네 숲의 한 음침하고 깊은 동굴 속.

'후후후, 성공이다!'

엘리나이젤은 환호했다. 지난 며칠 동안 이곳에서 갖가지 연구를 한 끝에 드디어 수백여 마리의 언데드 물고기들을 만드는 데 성공한 것이었다. 곧바로 그는 은밀히 하늘 호숫가에 언데드 물고기들을 풀어 놓았다.

물론 엘리나이젤은 그것들이 호수의 다른 물고기들을 공격하거나 잡아먹는 등의 일은 하지 못하도록 금지시켰다. 그것들을 호수에 풀어 놓아 물의 정령 아르나를 매우 신경 쓰이게 만드는 데만 그의 목적이 있었기 때문이다.

'아르나, 어디 너도 한번 골치를 썩여 보아라.'

하늘 호수의 밑바닥에서 청량하고 부드러운 하늘 호수의 기운을 즐기며 단잠을 자고 있던 아르나는 갑자기 호수에 등장한 이질적인 존재들을 감지하고는 인상을 찌푸렸다.

그녀는 그 즉시 그것들이 있는 곳으로 이동했다. 그러고는 이상한 물고기들을 다수 발견했다.

온몸이 뭉개지고 뼈가 드러난 물고기들이 움직이고 있었다. 심지어 살이 없이 오직 뼈만 앙상하게 남은 채로 움직이는 것들도 있었다. 도저히 살아 있을 수 없는 상태로 움직이는 물고기들이었다.

'이건 언데드 물고기가 분명해! 감히 어떤 놈이 여기에 이걸 풀어 놓은 거야?'

분노한 아르나는 그것들을 모조리 박살 낸 후 호수 밖으로 집어 던져 버렸다. 대체 왜 이런 이상한 언데드 물고기들이 나타났는지 의문이었지만, 아르나는 크게 생각하지 않고 다시 단잠에 빠져들었다.

그런데 잠시의 시간이 지났을까?

산산이 조각나 트레네 숲에 뿌려졌던 언데드 물고기들이 어느 순간 다시 하늘 호수로 하나둘 기어 들어와 헤엄을 치고 있는 것이 아닌가?

아르나는 눈을 번쩍 뜨고 일어났다. 뼈로 이루어진 물고기 두 마리가 그녀의 눈앞을 빠르게 휘저으며 맴돌고 있었다.

'이것들이 정말!'

그녀는 언데드 물고기들을 다시 싹 쓸어 숲에 뿌려 버리고는 이번에는 호수 위에 앉아 또다시 그것들이 호수로 접근하는지 지켜보았다.

과연 시간이 지나자 호수 주위로 시커먼 기운들이 모여들었다. 트레네 숲에 뿌려졌던 언데드 물고기들의 잔해들이 다시 물고기의 형상으로 돌아와 호수로 하나둘 뛰어들고 있는 것이었다.

촤아아아아!

곧바로 한바탕 폭풍이 몰아쳤다. 언데드 물고기들은 폭풍에 휩쓸려 호수 바깥으로 날아가 버렸다. 아르나는 씩씩거리며 푸른 눈을 번뜩거렸다.

'우연히 벌어진 일은 아니야. 누군가 작정하고 여기에 언데드 물고기를 풀어놓은 게 분명해.'

그러나 그녀는 아무리 생각해 봐도 트레네 숲에 그러한 일을 할 만한 이가 떠오르지 않았다.

무엇보다 그것은 언데드 소환술을 알아야 가능한 일이었다. 트레네 숲에 있는 몬스터들 중에 그런 능력을 가진 녀석은 없을 것이다. 언데드 엘프 메이지 중에 혹시 그걸 알고 있는 이가 있다 해도 그들이 그런 일을 벌일 이유는 없지 않은가?

'그 주술사 녀석의 짓은 아니겠지?'

아르나는 애꾸 트롤 주술사 모리스를 떠올렸다. 그러나 모리스는 물의 루스를 다루는 주술사로, 물의 정령인 아르나를 매우 두려워하고 있었다. 그런 그가 감히 아르나를 분노케 할 만한 일을 벌일 리가 없었다.

그럼 혹시 인간들이?

그럴 리는 더더욱 없었다. 알렌과 탈룬은 마법과는 거리가 먼 사람들이고, 루인은 흑마법과는 상극에 있는 빛 속성의 치유마법사인 것이다.

그렇다면 대체 누굴까?

아르나는 엘리나이젤이 그런 일을 벌였을 것이라고는 상상도 하지 못했다. 그녀가 보기에 엘리나이젤은 여전히 순진무구하며 매우 착한 정령이기 때문이다.

'마족 놈들이 몰래 한 짓이 분명해.'

아르나는 마족들이 사악한 마법이나 주술을 펼쳐 트레네 숲으로 언데드 물고기들을 보낸 것이라 추측했다.

그런 그녀의 눈에 엘리나이젤이 뒷짐을 진 채 산보하듯 호수 위를 유유히 걸어오는 모습이 보였다.

"여긴 무슨 일이냐, 엘리나이젤?"

아르나는 인상을 잔뜩 찌푸린 채 물었다. 언데드 물고기들이 나타난 것이 마족의 소행이라 생각하자 매우 기분이 좋지 않았기 때문이었다.

엘리나이젤은 아르나가 무엇 때문에 인상을 구기고 있는지 충분히 짐작하고 있었지만 시치미를 뚝 떼며 짐짓 놀란 표정을 지었다.

"하하, 나는 그냥 산책을 하고 있는 중이다. 그런데 네 표정을 보니 왠지 화가 나 있는 것 같구나. 뭔가 좋지 않은 일이라도 있는 것이냐?"

"누군가 호수에 언데드 물고기를 풀었어. 어떤 놈인지 걸리면 아주 죽여 버릴 거야!"

아르나가 주먹을 꽉 쥐며 험상궂은 표정으로 말했다. 순간 엘리나이젤은 움찔했지만 이내 짐짓 분노한 표정을 지었다.

"무엇이! 언데드 물고기? 대체 누가 그런 파렴치한 짓을 했단 말이냐? 혹시 마족 놈들의 짓 아닌지 모르겠군."

엘리나이젤은 얼굴에 철판을 제대로 깔고 있었다. 이런 걸 보면 정령이라고 거짓말을 하지 않는다는 것은 헛소리에 불과한 모양이다. 아르나는 역시 엘리나이젤의 짓이란 것은 상상도 못 한 듯 고개를 끄덕이며 그의 말에 동조했다.

"네 말대로 마족들의 짓이겠지. 그놈들 아니면 그따위 사악한 짓을 벌일 놈들이 누가 있어?"

"나도 그렇게 생각한다. 틀림없이 마족들의 소행이야."

아르나가 자연스레 마족을 의심하게 만들고 나자 엘리나이젤은 속으로 안도의 한숨을 내쉬었다. 그는 사실 처음으로 해 본 장난질이었는데, 의외로 마음이 불안했다. 아르나가 곤란을 겪고 있는 모습을 보면서 은근히 통쾌한 마음도 있었지만, 동시에 왠지 들키지 않을까 하는 불안감도 들었던 것이다.

아니, 그보다 거짓말을 하고 있다는 사실에 자괴감이 들기도 했다. 명색이 엘프의 수호 정령으로서 꼭 이런 치졸한 장난질을 해야 하는 것인가? 거짓말까지 하면서 말이다.

'역시 장난질도 아무나 하는 게 아니군. 공연히 내가 잠자는 사자의 코털을 뽑는 것은 아닌지 모르겠다.'

만일 아르나가 이 모든 것이 엘리나이젤의 소행이라는

것을 알게 된다면 그 후에 벌어질 사태는 감당하기 힘들 것이다. 어쩌면 천 년 전의 아르나로 돌아가 온갖 기괴한 방법으로 엘리나이젤을 괴롭게 될 수도 있었다.

그러나 천 년 전 엘리나이젤을 이와 비교할 수 없이 괴롭혔던 아르나가 아니었던가? 그런 아르나에게 작게나마 복수를 하고 있다는 생각에 고무된 엘리나이젤은 잠시 고심 끝에 당분간 언데드 물고기들을 그대로 놔두기로 결정했다.

"우키키키!"

그런데 그때 애꾸 트롤 모리스가 하늘 호숫가에 나타났다. 그는 고개를 두리번거리다 호숫가에 서 있는 아르나와 엘리나이젤을 쳐다봤다. 엄밀히 말하면 아르나가 아닌 엘리나이젤을 쳐다보고 있었다.

"내게 할 말이 있느냐, 모리스?"

엘리나이젤이 묻자 모리스가 허리를 꾸벅 숙이고 다가와 말했다.

"우킷! 다름이 아니라 긴히 말씀드릴 것이 있습니다, 엘리나이젤 님."

"말해 봐라."

"현재 트레네 숲에는 2천 마리도 넘는 오크들이 있습니다."

"알고 있다. 그들이 로드의 성을 축조하고 있는 것도 말이야. 그게 어떻다는 것이지? 축성에 문제라도 있느냐?"

그러자 모리스는 머리를 긁적이며 대답했다.

"축성은 순조롭게 진행되고 있습니다만 오크들의 식량을 대기가 수월치 않습니다. 이대로라면 얼마 지나지 않아 보급을 대폭 줄여야 하는 상황이 올 것입니다."

현재 보급으로 사용되고 있는 것들은 당시 전리품으로 획득한 오크들의 군량에 전적으로 의존하고 있는 터였다. 또한 트레네 숲의 몬스터들과 엘프들의 경우 자체적으로 수렵이나 채집을 통해 식량을 조달하는 상황이었다.

"지금이야 어떻게 버틸 수는 있습니다만 머지않아 로드께서 약속하신 대로 엘프들과 트롤, 오우거, 미노타우루스, 자이언트 오크, 사이클롭스 등이 노예로부터 해방되어 이 숲으로 몰려오게 되면 그때는 심각한 식량 문제가 생길 수도 있습니다."

"확실히 그렇겠군."

엘리나이젤의 안색이 굳어졌다. 그것은 그가 미처 생각하지 못하고 있던 부분이었다. 그는 마족들로부터 어떻게 트레네 숲을 보호할지에 대해서만 주로 생각하고 있었을 뿐, 앞으로 이곳에 로드의 권속들이 대거 몰려와 생겨날 식량과 거주 문제 등에 대해서는 신경을 쓰지 않았던 것이다.

'으음! 이 문제를 해결하지 않으면 정말 골치 아픈 일이 벌어지겠구나. 내가 지금 한가로이 장난질이나 치고 있을 때가 아니다.'

엘리나이젤은 그 즉시 모리스가 제기한 문제의 해결책을 강구하기 시작했다. 그러자 모리스는 인간이나 오크들과의 교역을 통해 문제를 해결하자는 의견을 내놓았다.

"지금 교역이라 했느냐?"

"우킷! 사실 트레네 숲에는 희귀한 약초들이 제법 많습니다. 또한 간혹 마정석도 주울 수 있습니다. 그것들 말고도 찾아보면 인간이나 오크들이 귀하게 여길 만한 물건들이 무수히 많습니다."

"흐음! 계속 말해 봐라."

그러자 모리스가 즉시 말을 이었다.

"일단 약초를 예로 들자면, 인간들의 땅인 서대륙은 잘 모르겠지만 동대륙 쪽이라면 제가 제법 잘 알고 있지요. 단언컨대 동대륙을 통틀어도 이곳 트레네 숲만큼 쓸 만한 약초가 나는 곳은 정말 드뭅니다. 이곳의 약초들은 오크들이나 코볼트, 리자드맨들에게 꽤 비싸게 팔 수 있을 겁니다. 그것으로 그들에게 식량을 비롯해 다양한 물품들을 얻을 수 있습니다."

"그거 아주 좋은 생각이구나."

엘리나이젤은 모리스의 의견에 탄복했다. 모리스가 상기된 표정으로 말을 이었다.

"우킷! 그뿐이 아닙니다. 만일 서대륙의 인간들도 트레네 숲에 들어와 교역을 하게 되면, 사실상 이 숲은 서대륙과 동대륙의 물자들을 교환할 수 있는 중간 교역지로서도 활용될 수 있습니다."

"중간 교역지라?"

"우키킷! 그렇습니다. 고대로부터 유례가 없는 일이긴 하지만 만일 그것이 가능해진다면 트레네 숲은 그 거래에서 벌어들이는 세금만으로도 이로이다 대륙에서 가장 부유한 곳이 될 것이 틀림없습니다."

"후후, 그거 아주 멋진 생각이로구나."

엘리나이젤은 모리스의 의견을 극찬했다. 모리스가 모사꾼으로서 상당한 능력이 있는 것은 알았지만 이처럼 놀라운 계책을 내놓을 줄은 몰랐던 것이다.

그러자 옆에서 듣고 있던 아르나가 인상을 구기며 말했다.

"제법 그럴듯한 말이지만, 그러다간 숲이 너무 혼란스러워질지도 몰라. 특히 보호 결계는 어떻게 할 건데?"

"그건 그렇지."

엘리나이젤은 나직하게 침음을 흘렸다. 트레네 숲에는 보호 결계가 펼쳐져 있지만, 교역을 위해 들어오는 인간 상인이나 몬스터 상인들의 경우에는 숲으로의 진입을 허락해 주어야 할 것이다.

"그래도 교역을 하려면 소란스러운 것 정도는 감수해야지. 보호 결계도 일부 변형시킬 필요가 있겠군."

"조심해야 돼. 마족이나 마족의 부하들이 그들을 따라 숲에 들어올 수도 있어. 그들이 아니더라도 불량한 목적을 지닌 녀석들이 들어올 수도 있을 거야."

"그건 걱정마라. 일단 마족이 나타나면 나는 즉시 알 수 있으니까. 그리고 혹시 마족의 부하들이라 해도 마찬가지야. 암흑 마나의 기운을 나무 정령들이 즉시 감지할 수 있으니까. 그것 말고도 수상한 목적을 가진 녀석들을 찾아내도록 나무 정령들에게 명령해 두겠다."

숲의 모든 나무들이 나무 정령들의 눈과 귀가 되어 주는 터라, 만일 수상한 짓을 하는 자들이 보면 곧장 엘리나이젤에게 그것을 보고하게 될 것이었다.

따라서 치안과 방어는 문제가 되지 않는다.

그보다 중요한 건 교역이었다.

지금 상황에서 교역을 하려면 엘리나이젤이 먼저 인간들이나 몬스터들에게 손을 내밀어야 했다. 현재 트레네 숲은 인간들은 물론 몬스터들도 접근을 매우 꺼리는 무서운 장소가 되어 있었으니까.

인간들의 경우 베라카 왕국의 귀족과 모험가들이 무혼에게 혼쭐이 나서 돌아간 이후 제대로 소문이 났는지, 최근 들어서는 숲에 모험가는 물론 여행자 한 명 얼씬대지 않았다.

그뿐인가? 라그너즈를 비롯한 오크 부대가 와서 무혼에게 무참히 패해 노예로 전락한 이후로, 그 전까지만 해도 제법 자주 나타나던 코볼트 모험가들이나 리자드맨 모험가들도 트레네 숲에 발길을 끊은 지 오래였다.

다시 말해 트레네 숲은 사실상 외부와 폐쇄된 상태였다. 숲의 방어를 위해서는 그것이 오히려 반가운 일이지만 교역을 하려면 개방이 필수였다.

그렇다면 교역단을 구성해 외부로 파견해야 하는 것일까? 엘리나이젤은 고개를 흔들었다.

'마족들이 이 숲을 노리고 있는 이상 섣불리 엘프들이나 몬스터들을 외부로 보낼 수는 없는 일이다. 그보다 서신을 보내 인간 상인들이나 몬스터 상인들이 이곳으로 올 수 있게 하는 것이 좋겠구나.'

트레네 숲의 구성원 중 누구라도 보호 결계를 벗어나는 순간부터 마족들의 공격에 노출될 수 있었다. 그것을 우려한 엘리나이젤은 언데드 엘프들을 보내기로 했다.

그들이라면 쉽사리 당하지 않을뿐더러, 설령 유사시 봉변을 당한다 해도 되살아날 수 있으니 이러한 일에 적격이었다. 물론 밤에만 이동해야한다는 단점이 있지만 말이다.

'일단 오크들부터 불러볼까? 켈쿰의 아빼드 라칸이라면 흔쾌히 응해 주겠군.'

켈쿰은 오크 제국 서쪽의 대도시로 트레네 숲에서 가장 가까운 오크들의 도시였다. 엘리나이젤은 서신을 작성한 후 언데드 엘프들을 불러 켈쿰으로 보냈다.

그에 이어 트레네 숲과 인접해 있는 서쪽의 베라카 왕국, 동남쪽의 코볼트 왕국, 리자드맨 왕국들의 도시로도 언데드 엘프들을 보냈다.

어둠 속에서 바람처럼 빠르게 달릴 수 있는 언데드 엘프 메이지와 언데드 엘프 검사들이 한 조를 이루어 각각의 목적지로 떠났다.

물론 이렇게 서신을 보낸다고 해서 곧바로 교역이 이루어지지는 않을 것이다. 일단 엘리나이젤은 오크들의 도시인 켈쿰 이외에는 그리 큰 기대를 하지 않고 있었다.

그래도 서신을 보낸 이유는 인간 상인들이나 코볼트, 리자드맨 상인들이 트레네 숲에 관심을 갖게 하기 위함이었다. 처음에는 교역에 시큰둥하다 해도 오크들이 트레네 숲과 활발히 거래를 한다는 소문을 듣게 되면 생각이 달라질 것이기 때문이다.

그보다 이제 교역을 위해 본격적인 준비를 해야 했다. 앞으로 오크들이나 혹은 인간들이 대거 몰려와 머무를 수 있는 장소를 지정한 후 길을 미리 만들어 두지 않으면 안 될 것이다.

엘리나이젤은 하늘 호수가 있는 곳이나 북쪽 숲으로는 외부인이 접근하지 않도록 숲의 남쪽으로 길을 만들기로 했다. 그곳은 동서를 종횡하는 강도 흐르고 있어 그곳을 따라 길을 내기도 적합했다.

장차 서대륙의 인간들이나, 동대륙의 몬스터들이 대거 몰려와 장사진을 치게 되면 트레네 숲의 남쪽에는 제법 큰 규모의 하얀 도시가 생겨날 수도 있을 것이다. 모리스의 말대로 거기서 나오는 세금만으로도 트레네 숲은 부요해 질 것이 틀림없었다.

'결계도 손봐야 하고 길도 내야 하고, 건물도 지어야 하니 이거 엄청나게 바빠지겠구나. 정신없이 움직여야 할 판이로구나!'

엘리나이젤은 나무 정령들과 엘프들, 그리고 초대형 몬스터들과 축성 중인 오크들까지 총동원해 대대적인 작업에 착수했다.

오크 제국의 서부 도시 켈쿰.

수만의 오크들이 거하고 있는 대도시 켈쿰은 오크 제국 서부의 대도시 중 하나로 상당히 번화한 곳이었다.

켈쿰의 시장에는 각지에서 몰려든 오크 상인들뿐 아니라 멀리 남부의 코볼트 상인이나 리자드맨 상인들도 몰려와 북적였다.

그 이유는 켈쿰 서쪽에서 라말 강의 수로를 통해 바로 들어올 수 있어 접근성이 용이한 것도 있었지만, 그보다 아뻬드 라칸이 이전부터 상거래에 세금을 매우 적게 부과했던 이유가 컸다.

오크 제국의 도시들은 각 도시를 통치하고 있는 아뻬드들의 자치에 맡겨져 있는 터라 세율은 아뻬드의 재량에 따라 조정이 가능했다.

다른 도시의 아뻬드들은 세금을 많이 거두어들여 자신의 부를 축적했지만, 라칸은 세금을 적게 거둬들이는 대신 휘하의 상회를 운영해 돈을 벌어들였다.

켈쿰 시내에 있는 대장간들과 식육점 중 상당수가 라칸의 소유였기에 그로부터 벌어들이는 수익이 적지 않아 부족한 세수로부터 비롯된 적자를 충분히 메울 수 있었다.

그러나 시간이 흐르자 상회의 수익금을 제외한 세금 수입만으로도 황궁에 공물을 바치거나 켈쿰을 운영하는데 충분할 만큼 세수가 많아졌다.

그 이유는 낮은 세율로 인해 많은 상인들이 켈쿰에 모여들었고, 그만큼 거래가 활발해졌기 때문이었다. 오크 제국에서 코볼트나 리자드맨이 켈쿰처럼 많은 곳은 드물 정도였다.

코볼트 왕국과 리자드맨 왕국에서 만들어진 갖가지 특산물들이 켈쿰에 모이자 그것을 사기 위해 오크 상인들이 켈쿰에 모여들었고, 그로 인해 켈쿰은 오크 제국 서부의 최대 교역 도시 중 하나가 될 수 있었다.

그러나 도시 켈쿰이 처음부터 이토록 번영한 교역 도시가 된 것은 아니었다. 불과 몇 년 전까지만 해도 켈쿰은 보통의 다른 도시와 다를 바 없었다.

세율도 높았고, 코볼트나 리자드맨 상인들의 발길도 뜸했다. 라칸은 황궁에 바칠 공물을 마련하기 위해 세율을 높일 수밖에 없었다. 공물을 닥닥 긁어모아 황궁에 바치고 나면 라칸도 한 해를 지나기 위해 허리띠를 졸라매야 하는 형편이었던 것이다.

그런 라칸에게 세율을 대폭 낮추고 상인들이 상거래를

자유롭게 할 수 있도록 지원하자는 제의를 한 것은 그의 딸 카듀였다. 라칸은 카듀의 말대로 했고 그 이후로 켈쿰은 교역이 활발하며 재정이 튼튼한 도시로 발전할 수 있었다.

그것에 감탄한 라칸은 카듀를 켈쿰의 재무관으로 임명했고, 카듀는 켈쿰의 세율은 물론 각종 재정과 관련된 모든 일을 전반적으로 맡고 있었다.

별들이 총총히 떠 있는 이른 밤.

라칸은 켈쿰 성의 정원을 산책하고 있었다. 이 정원은 매우 비싼 돈을 들여 만든 것으로 카듀로 인해 라칸이 부유해지지 않았다면 이 같은 정원을 꾸미기란 불가능했을 것이다.

멀리 탈랜도에서 가져왔다는 귀한 나무 묘목들부터 시작해서 꽃들의 종류도 흔하게 볼 수 없는 것들이 많았다. 그런 만큼 라칸은 이 정원을 특별히 아끼지 않을 수 없었다.

그는 술에 취해 곯아떨어진 날을 제외하고는 잠들기 전 정원을 거닐며 산책하는 습관이 생겼다. 특별히 오늘은 그의 딸 카듀도 산책에 동행 중이었다.

"카듀, 요즘 힘든 것은 없느냐?"

"힘들 게 뭐가 있겠어요. 불한당 같은 8황자가 또 나타나 난동을 피우지만 않는다면 저는 걱정할 것이 아무것도 없어요."

카듀는 얼마 전 8황자 시카트가 그녀를 아내로 취하려 했을 뿐만 아니라, 그것을 빌미로 라칸의 군단을 자신의 휘하로 복속시키려고 했던 것을 떠올리며 말했다. 라칸은 코웃음 쳤다.

"걱정마라. 그는 엘리나이젤 님과 로드 무혼 님께 혼이 단단히 나서 돌아갔으니 당분간 이곳엔 얼씬도 못할 것이다."

"호호! 제발 그랬으면 좋겠어요. 그런데 황제 폐하께서 과연 무혼 님의 제의를 받아들이실까요?"

오크 제국에 있는 모든 엘프 노예를 비롯해 오우거, 미노타우루스, 사이클롭스, 자이언트 오크, 트롤 노예들도 모두 방면하라는 제의. 물론 엄밀히 말하면 제의가 아닌 경고이자 협박이었다.

"황제가 협박에 굴할 자더냐? 그의 성격상 아마도 절대 그 제의를 받아들이지 않을 것이다. 그는 노예들을 풀어 주느니 죽여 버릴 거야."

"그럼 무혼 님과 전쟁이 벌어질지도 몰라요. 상상할 수조차 없는 무서운 피바람이 불 거예요."

카듀가 침중한 표정으로 말했다. 라칸은 고개를 흔들며

웃었다.

"나도 그게 우려된다만 그렇다 해도 켈쿰은 걱정할 것 없다. 엘프들이 우리를 친구로 생각한다고 했고, 무혼 님 또한 그렇게 말씀하셨지 않느냐."

"그래도 전쟁이 일어나면 우리 또한 싸워야 하잖아요. 우린 누구 편을 들어야 하죠?"

라칸은 잠시 침묵했다가 대답했다.

"전쟁이 벌어지면 중립을 지키는 게 현명하겠지."

"그러다 황제의 분노를 살 수도 있어요."

"큭큭! 설령 황제의 눈 밖에 난다고 해도 어쩔 수 없어. 그게 로드 무혼 님의 눈 밖에 나는 것보다는 나을 거다. 그리고 내가 확신하건대 전쟁이 벌어지면 황제는 이곳 켈쿰에는 신경도 쓰지 못할 만큼 위급한 상황에 처할 것이다. 드래곤보다 무서운 무혼 님을 상대로 이긴다는 건 불가능해."

라칸의 말에 카듀는 고개를 끄덕였다. 사실 그녀가 짐짓 우려의 말을 하며 라칸의 의중을 떠보긴 했지만, 실상 그녀 또한 같은 생각을 하고 있었다.

'다행이야. 아빠는 역시 현명하셔.'

혹시라도 부친 라칸이 유사시 무혼과 적대적인 편에 서지 않을까 우려했던 카듀는 내심 안도했다.

'고집불통 황제는 절대 무혼 님의 제의를 수락할 리 없고, 무혼 님은 그런 황제를 용서하지 않을 게 분명해. 그때 무슨 큰일이 벌어질지 몰라. 자칫 제국이 분열될 수도 있어.'

카듀는 냉정하게 상황을 내다보고 있었다.

무혼과 전쟁이 벌어지면 황제는 죽게 될 것이다.

그리고 크돌로르 황제가 죽고 나면 오크 제국은 분열될 것이다. 황자 중에 그만큼 강력한 카리스마를 지닌 자가 없으며, 아빼드들 또한 황자들에게 그만한 충성심을 갖고 있지 않기 때문이었다.

'앞으로 제국은 하나가 아닌 여러 개의 왕국으로 나뉘어 독자적으로 통치될 가능성이 높아.'

그뿐인가? 더 나아가 분열이 가중되면 수백 개 도시의 아빼드들 또한 독자적인 왕국을 세우려 할 테니 그 이후로는 그야말로 힘 있는 도시가 힘 약한 도시를 흡수하는 약육강식의 대혼란 시대가 도래할 수도 있었다.

그러나 정말로 두려운 것은 그동안 노예로 지내며 핍박을 받아 왔던 이들이 피의 보복을 하게 될 가능성이 있다는 것이었다. 그때의 혼란은 상상을 초월하리라.

평화가 깨지고 전쟁이 도래하는 것!

그것이 오크들의 세계에서는 오히려 자연스러운지도 모

른다. 사실 지금처럼 하나의 제국으로 통합된 것은 극히 이례적인 일이었으니까.

하지만 그런 식으로 분열되다 보면 장차 오크들은 더 이상 동대륙의 지배자가 되지 못하고 다시금 초대형 몬스터들을 두려워하는 처지로 전락할 수도 있었다.

어쩌면 말도 안 되는 기우일 수도 있지만, 카듀의 직감은 틀린 적이 별로 없었다. 그녀는 오크 제국에 조만간 대혼란이 올 것이라 거의 확신하고 있었다.

카듀는 그때를 대비해 켈쿰의 군력을 강화하고, 교역을 통해 보급을 확충해야 하며, 특히 트레네 숲의 엘프들과 돈독한 관계를 유지해야 한다고 생각했다.

다행히 그의 부친 라칸 또한 카듀와 같은 생각이었다. 그는 로드 무혼을 드래곤이나 크돌로르 황제보다 두려워하고 있기 때문이었다.

"밤이 늦었구나. 나는 쉬어야겠다. 너도 이제 그만 가서 쉬도록 해라."

"예, 아빠."

그렇게 그들이 산책을 마치려 할 때쯤이었다.

휘이이잉.

갑자기 라칸의 앞에 세찬 바람이 일었다. 동시에 창백한 피부를 가진 엘프 두 명이 번쩍하고 나타났다.

"취익! 누구냐?"

라칸은 깜짝 놀라며 허리춤에 있는 도끼를 뽑아 들었다. 카듀도 놀라 라칸의 뒤로 숨었고, 뒤에 있던 라칸의 호위무사들이 달려와 정체불명의 엘프를 에워쌌다.

그러나 엘프들은 눈 하나 깜빡하지 않았다. 그들의 전신에서 뿜어져 나오는 기세에 눌려 오크들은 숨조차 쉬기 힘들었다.

Chapter 3
트레네 숲에서 온 서신

"크크……! 놀라지 말라, 아빠드 라칸. 나는 그대와 싸우러 온 것이 아니다."

그 엘프들은 언데드 엘프 검사 로다이크와 언데드 엘프 메이지 호베르스였다.

"취익! 그러고 보니 당신들은?"

라칸과 카듀는 그들의 얼굴을 기억해 냈다. 특히 로다이크는 확실히 기억났다. 시카트 황자의 오른팔이자 최강의 무장이었던 매브고드를 쓰러뜨린 이가 다름 아닌 로다이크였으니, 그의 얼굴을 못 알아볼 리 있겠는가?

"취익! 로다이크! 당신이 이곳엔 무슨 일이오?"

라칸의 음성이 떨렸다. 비록 로다이크가 싸우러 온 것이
아니라 말했지만, 언데드 엘프 검사인 로다이크의 창백한
피부 사이로 번쩍이는 짙은 음영의 눈빛은 쳐다보기만 해
도 오금이 저려올 만큼 섬뜩한 것이었다.

"엘……리나이젤 님의 친서를 가져왔으니 읽어 보라."

로다이크는 서신 두루마리를 라칸을 향해 가볍게 던졌
다. 라칸은 즉시 받아 들고 그것을 펼쳤다. 엘리나이젤은
오크들이 알아볼 수 있도록 크로으 문자로 서신을 적었기
에 라칸은 그것을 읽는 데 어려움이 없었다.

　　켈콤의 아빼드 라칸이여!

　　엘프들의 친구인 라칸이여!

　　앞으로 트레네 숲은 그대의 도시 켈콤과 교역을
　　하기 원한다. 트레네 숲의 귀한 약초와 동대륙의
　　풍성한 소산(所産)을 교환하면 서로에게 큰 이익
　　이 있지 않겠는가.

　　물론 약초 말고도 트레네 숲에는 그대가 관심
　　가질 물건들이 많이 있다. 또한 그대는 트레네 숲
　　을 통해 서대륙의 인간들과도 교역을 할 수 있는
　　기회도 얻게 되리라.

하나, 나는 이 일을 결코 강제하지 않겠다. 무엇보다 그것은 로드의 뜻에 부합하지 않기 때문이다.

따라서 나의 제의에 대한 그대의 순수한 의중을 묻고 싶구나. 그대는 나의 제의를 수락하겠는가?

그대가 나의 제의를 거절한다 해서 그 어떤 불이익도 주지 않을 것이니, 내키지 않으면 하지 않아도 좋다.

—트레네 숲에서—

'교역이라?'

라칸의 두 눈이 커졌다. 그는 설마 엘리나이젤이 이러한 내용의 서신을 보내올 것이라고는 상상도 하지 못했던 것이다.

그때 라칸의 뒤에서 서신을 함께 읽은 카듀가 반색하며 말했다.

"아빠! 더 이상 볼 것 없어요. 이건 무조건 수락해야 돼요!"

라칸은 엘리나이젤로부터 전혀 뜻밖의 서신을 받자 일순 멍해져 있었다. 그러나 카듀는 눈을 반짝이더니 이내 로다이크를 향해 외쳤다.

"로다이크 님! 엘리나이젤 님께 전해 주세요. 켈쿰은 트레네 숲과의 교역을 진심으로 환영한다고요."

그러자 로다이크가 라칸을 쳐다봤다. 라칸은 그 즉시 고개를 끄덕였다.

"췌익! 카듀의 말대로요. 난 무조건 수락하겠소."

"잘 생각했다, 라칸. 그 말을 엘리나이젤 님께 그대로 전하도록 하겠다."

로다이크가 사라지려 하자 카듀가 급히 말했다.

"잠깐만요."

"무슨 일인가, 오크 아뻬드의 지혜로운 딸이여!"

"내일 교역단이 식량을 싣고 트레네 숲으로 출발할 거예요. 엘리나이젤 님께 그렇게 전해 주세요."

"내일이라 했는가?"

"그래요."

그러자 로다이크가 놀란 듯 동공을 번쩍였다. 라칸도 놀랐다. 그는 카듀가 그토록 빠르게 일을 추진할 줄은 몰랐던 것이다.

로다이크는 입가에 보일 듯 말 듯 미소를 짓더니 고개를 끄덕였다.

"크큿! 좋다. 엘리나이젤 님께 그리 전하도록 하지."

그 말을 끝으로 로다이크 등의 신형이 환상처럼 사라졌다. 라칸이 카듀를 쳐다봤다.

"카듀, 왜 이렇게 서두르는 것이냐?"

"이런 일은 빠를수록 좋잖아요. 결정했으면 미룰 필요가 없어요. 내일 제가 직접 교역단을 끌고 갈 생각이에요."

그러자 라칸이 껄껄 웃었다.

"네가 날 닮아서 성질이 급한 건 어쩔 수 없구나. 헌데이 교역이 우리에게 어떤 이익을 가져다준다고 생각하느냐?"

"설령 우리가 손해를 본다 해도 무조건 해야 돼요. 하지만 들어 보니 결코 우리에게 이득이 되면 되었지 손해가 날 것은 없어요. 트레네 숲의 약초는 매우 귀해서 부르는 게 값이라고요."

"그건 그렇다만."

라칸이 생각해 봐도 카듀의 말은 틀린 것이 아니었다. 오크 제국뿐 아니라 남쪽 코볼트 왕국들이나 리자드맨 왕국들 어디에도 트레네 숲에서 나는 것만큼 효능이 좋은 약초는 없다.

그런 만큼 켈쿰에서 트레네 숲의 약초를 교역으로 공급받게 된다면, 그 약초를 구하기 위해 동대륙의 많은 상인들이 켈쿰으로 찾아올 것이고, 그만큼 켈쿰의 교역은 활발해질 것이다. 그로 인해 켈쿰의 세수는 증가할 것이며 라칸은 더욱 부요해질 것은 틀림없었다.

그때 카듀가 말했다.

"서신의 내용을 보면 엘리나이젤 님은 이와 같은 서신을 우리에게만 보내시진 않은 것 같아요. 어쩌면 제국의 다른 도시들이나 혹은 코볼트, 리자드맨들에게도 보냈을지도 몰라요. 아마 인간들의 도시에도 보냈겠죠."

"서대륙의 인간들과 교역을 할 수도 있다고 했으니 네 짐작이 맞을 게다."

"따라서 서두르지 않으면 중요한 물건들을 선점할 기회를 그들에게 빼앗길 수도 있어요. 특히 트레네 숲이 아무리 방대하다 해도 약초들이 그리 흔한 것은 아니거든요. 물량은 제한되어 있을 테니 서둘러 가서 우리가 물량을 확보해야 한다고요."

카듀의 두 눈이 초롱초롱하게 빛났다. 라칸의 두 눈도 이글거렸다.

"취익! 네 말이 옳다. 서둘러라, 카듀! 다른 녀석들에게 이 좋은 교역의 기회를 절대 빼앗기지 않도록 말이야. 내일 출발하려면 잠잘 시간도 없겠구나."

"호호! 잠이야 가면서 자면 되죠. 어차피 트레네 숲까지 가려면 한참 걸릴 텐데요."

카듀는 웃으며 달려갔다. 그녀는 잠을 자고 있는 부하들을 깨워 밤새 교역품을 챙겼고, 새벽이 되자마자 출발했다.

선두에 있는 50대의 수레에는 오크 제국에서 나는 곡식들이 가득 실려 있었고, 그 뒤에 있는 50대의 수레에는 오크 제국의 각종 특산품들이 실려 있었다. 수레들 뒤로는 붉은 털의 두 발 달린 조류형 짐승인 그라드들의 행렬이 이어졌는데, 그라드들은 오크들이 사육해서 먹는 가축이었다.

번식력이 매우 뛰어난 잡식성 짐승인 그라드들은 트레네 숲의 초대형 몬스터들에게도 매우 훌륭한 식사거리가 되어 줄 것이었다.

*   *   *

갈색의 짙은 콧수염을 가진 차가운 인상의 오십 대 사내.

그는 베라카 왕국의 귀족이자 부호였다. 그의 가문에 속한 클로버 상단은 베라카 왕국에 있는 유수한 상단들 중 다섯 손가락 안에 들 정도였고, 도시 케리어스를 비롯해 제법 번화한 도시에는 클로버 상단 지부와 점포들이 모두 들어서 있었다.

그뿐인가?

그의 휘하에는 수십여 명의 기사들이 있고, 그중에는 오러를 다룰 줄 아는 상급 검사들도 있었다. 또한 멀리 고바 제국의 마탑이 운영하는 마법 아카데미에 유학을 다녀온 엘리트 상급 마법사들도 셋이나 있었다.

그런 만큼 그는 상계에서뿐 아니라 베라카 왕국의 정계에서도 제법 목에 힘을 줄 만큼 영향력이 있었다. 베라카 왕국에서 왕족들과 최상위 귀족들을 제외하고는 그를 무시할 만한 존재는 없었던 것이다.

그렇게 막강한 힘을 지니고 있는 그였지만 그는 최근 계속 새벽마다 잠에서 깨어났다. 다름 아닌 악몽 때문이었다. 지금도 마찬가지였다.

꿈속에서 그는 나무들이 울창하게 하늘로 치솟은 숲에 있었다. 그 숲에는 커다란 돌산들이 많았는데, 그는 그 돌산 중 하나의 아래 공터에 쭈그리고 앉아 있는 상태였다.

하늘에는 시커먼 구름이 가득하고 그로부터 굵은 빗방울이 쏟아져 내린다. 그는 도대체 왜 이 정체불명의 돌산 아래에 쭈그려 앉아 있는 것인가?

이유는 모른다.

중요한 건 절대로 엉덩이를 바닥에 대서는 안 되었다. 심지어 다리에 엉덩이를 붙이는 것도 안 되었다. 만일 그 랬다가는 그를 지켜보고 있는 무시무시한 초대형 몬스터 들의 먹잇감으로 변해 버릴 테니까.

크크크크!

키키키키!

지금도 오우거와 미노타우루스, 자이언트 오크와 같은 험악한 몬스터들이 지켜보는 가운데 그는 혼자 벌을 서고 있었다.

"크르르! 자세를 똑바로 해라."

"크워어어! 큭큭큭! 어디 엉덩이를 땅에 붙여 봐라. 잘 근잘근 씹어 삼켜 버릴 테니!"

몬스터들이 뭐라고 으르렁거렸다. 본래라면 알아듣지 못하는 소리였지만, 지금 그는 몬스터들이 뭐라고 말을 하 는지 다 알아듣고 있었다.

절대로 땅에 엉덩이를 붙여서는 안 된다는 것!

그랬다간 곧바로 죽음을 당하게 된다는 사실을 그는 정 확하게 알고 있었다.

그러나 그의 의지와는 달리 그의 몸은 이미 한계에 이른 상태였다. 그의 두 다리가 바람맞은 갈대처럼 후들거렸다.

'으으! 더…… 더 이상은 도저히!'

결국 다리에 힘이 풀린 그는 맥없이 바닥에 주저앉아야 했다.

"크르르르!"

"크카카카캇!"

그러자 몬스터들이 기다렸다는 듯 입을 쩍 벌리고 그에게 달려들었다. 커다란 입 사이에서 번들거리며 빛나는 뾰족한 이빨들, 그사이로 흘러내리는 누런 액체들! 그는 그것들에 의해 갈가리 찢기게 될 운명이었다.

"허어어억! 사, 살려 줘! 제발!"

그는 비명을 지르며 꿈에서 깨어났다. 비로소 조금 전의 그 끔찍했던 상황이 꿈이었음을 깨달은 그는 크게 한숨을 내쉬었다.

'후우! 빌어먹을! 또 그 꿈이냐?'

그의 전신은 식은땀으로 흠뻑 젖어 있었다. 그는 침대에서 일어나 테이블 위에 놓인 물 주전자에서 물을 따라 마셨다.

창문을 여니 새벽이었다. 구름에 가려진 달로 인해 새벽하늘은 매우 어두웠다.

항상 비슷한 시간. 이렇게 새벽마다 비명을 지르고 잠에서 깨어나니 같은 침대에서 잠을 자던 그의 아내 로라니아가 견디다 못해 각방을 쓰자며 나가 버린 지 오래였다.

'허어! 그새 시간이 제법 지났거늘, 대체 언제까지 그 악몽에 시달려야 한다는 말인가?'

그는 멍하니 창밖을 내다보며 허탈한 표정을 지었다.

'하긴 나뿐만 아니라 넬슨도 비슷한 처지라 했지. 미카일도 마찬가지고 말이야.'

그는 씁쓸히 웃었다. 넬슨 백작과 전직 특급 용병 미카일, 그뿐인가? 당시 트레네 숲에서 숲의 로드인 무혼이라는 자에게 된통 당했던 2백여 명의 인물들 모두가 지금 그와 비슷한 증상을 보이고 있다고 했다.

그들 모두 트레네 숲을 향해서는 오줌도 싸지 않는다는 말도 있었다. 그것은 그 역시 마찬가지였다. 심지어 그는 트레네 숲이 있는 동쪽은 쳐다보기도 싫을 정도였으니까.

벌컥벌컥!

그런데 다시 물을 들이켜는 그의 몸이 흠칫 떨렸다. 갑자기 불어 닥친 세찬 바람에 오한이 일었기 때문이다.

휘이이이이!

열어 놓은 창문으로 거세게 들어오는 바람이 심상치 않았다. 잽싸게 창문을 닫으려 했지만 그는 우뚝 멈춰 서야 했다. 그사이 시커먼 그림자 하나가 창문을 통해 들어와 그를 섬뜩한 눈빛으로 노려보고 있었다.

"허억! 누구냐?"

이곳은 케리어스 서부에 있는 그의 저택이다. 밤이라 해도 수십 명에 달하는 호위 무사들이 경계를 서고 있었다. 심지어 누군가 외부에서 은밀히 침입하게 되면 저절로 작동하는 방어 마법진도 여러 개가 펼쳐져 있었다.

그런데 호위 무사들과 방어 마법진을 무력화시키고 이렇게 자신 앞에 나타난 그림자의 정체는 대체 무엇이란 말인가?

스윽.

구름에 가려진 달이 모습을 드러냄과 동시에 음영에 가려졌던 그림자의 얼굴이 희미하게 드러났다. 창백한 피부에 붉은 눈빛을 가진 사내였다.

'허억!'

그는 딱 봐도 그 사내가 정상적인 상태가 아닌 언데드임을 알아볼 수 있었다. 입의 반 정도나 피부가 문드러진 채 흉측한 이빨을 그대로 드러내고 있었던 것이다.

'설마 어……언데드?'

그가 기겁하며 뒷걸음질을 치자 사내가 비릿하게 웃으며 말했다.

"큿…… 놀라지 마시게, 로티어 백작. 나는 그대를 해치러 온 것이 아니라네."

놀랍게도 언데드는 매우 또박또박 말을 하고 있었다. 비록 거친 쇳소리와 같은 음성이었지만 로티어는 사내의 음성을 선명히 알아들을 수 있었다.

"다, 당신은 뉘시오?"

"나……는 백 년 전 엘프 족의 장로 중 하나였던 헤네랄이라고 하네. 큭! 보다시피 언데드이지. 그러나 그건 중요한 게 아니야. 나의 용무는 이 서신을 그대에게 전하는 것이니까."

"서신이라 하셨소?"

"그렇다네. 여기 엘프의 수호 정령 엘리나이젤 님의 친서가 있으니 읽어 보게."

헤네랄은 서신 두루마리를 로티어에게 건넸다. 로티어는 반사적으로 그것을 받아 들었다. 갑자기 왜 언데드 엘프가 나타나 서신을 전해 주는 것인지 그로서는 알 도리가 없었다.

'으! 내가 지금도 꿈속에 있는 건 아닌지 모르겠군.'

언데드 엘프 헤네랄이 풍기는 섬뜩한 기세에 간이 오그라들 것 같았지만 그는 이를 악물고 간신히 버티고 선 상태였다. 헤네랄의 입가에 희미한 미소가 맺혔다.

"큭! 역……시 찾아오길 잘했군. 나를 보고도 기절하지 않는 인간은 거의 없었는데 말이야. 넬슨 백작과 로카일 외에 그대가 세 번째야. 그 외에는 모두 기절해 버려 깨우

느라 애를 먹었다네."

그 말에 로티어는 두 눈을 크게 떴다. 헤네랄의 입에서
익숙한 이름들이 튀어나왔기 때문이다. 특히 그중 넬슨 백
작은 로티어 백작과 정계와 상계에서 라이벌 관계를 형성
하고 있는 앙숙이 아니었던가.

그때 헤네랄이 그를 노려봤다.

"무……얼 망설이는 것인가? 어서 그 서신을 읽어 보
게."

"아, 알았소."

로티어는 황급히 서신 두루마리를 펼쳤다.

　　지혜롭고 용맹한 베라카 왕국의 인간이여!

　　트레네 숲에는 그대가 귀하게 여길 만한 물건들
이 적지 않다. 그것들과 그대 인간들의 땅에서 나
는 풍성한 소산을 교환할 수 있다면 서로에게 좋
지 아니하겠는가.

　　엘프의 수호 정령 엘리나이젤의 이름을 걸고 말
하노니 트레네 숲은 매우 안전하다. 숲의 누구도
그대들을 해치지 않으니 염려 말라.

　　또한 그대는 우리 트레네 숲을 통해 동대륙의
몬스터들과 거래를 할 수도 있다. 그 또한 서로에

게 매우 유익한 거래가 될 수 있으리라.

자, 이제 선택은 그대에게 달려 있다. 그대가 진정 현명하고 용기 있는 자라면 숲의 엘프들과 친구가 되며 또한 특별한 교역을 할 수 있는 이 놀라운 기회를 절대 놓치지 않으리라.

—트레네 숲에서—

'이게 대체 뭔가?'

로티어는 서신을 읽고 어리둥절한 표정으로 헤네랄을 쳐다봤다. 갑자기 언데드가 나타나 전해 준 서신의 내용치고는 전혀 뜻밖이었던 것이다.

"놀……랄 것 없어. 서신 그대로라네. 엘리나이젤 님은 진심으로 인간들과 교역을 하기 원하시지. 그대의 뜻은 어떤가, 로티어 백작?"

그 말에 로티어가 조심스레 물었다.

"엘프의 수호 정령 엘리나이젤 님과 트레네 숲의 로드이신 무혼 님은 어떤 관계시오?"

"엘……리나이젤 님 또한 로드 무혼 님의 권속이시다. 헌데 그걸 왜 묻는 건가?"

그러자 로티어가 흠칫 놀라며 고개를 흔들었다.

"죄송하오나 나는 관심 없소. 나는 두 번 다시 트레네 숲에 얼씬도 하지 않겠다고 그분과 약조했소이다."

"큿……! 넬슨 백작과 로카일도 그런 말을 했지. 그건 염려 말게. 그대가 로드께 혼쭐이 난 것은 당시에 그만한 잘못을 했기 때문일 뿐이야. 로드께서는 그 일로 인해 더 이상 자네를 나무라실 만큼 속이 좁은 분이 아니시네. 오히려 트레네 숲과 교역을 한다면 적극 환영해 주실 것이네. 내가 장담할 수 있어."

로티어는 쓴웃음을 지으며 고개를 흔들었다.

"그렇다 해도 나는 갈 수 없소. 트레네 숲은 내게 매우 두려운 곳이오. 그때의 일로 인해 지금까지 악몽에 시달리고 있단 말이오. 오늘도 새벽에 깨어나 잠 못 이루고 있는 것 또한 그때 겪었던 일이 너무 끔찍해서였소."

헤네랄이 혀를 찼다.

"어……떻게 그토록 넬슨 백작과 똑같은 말을 하는 건가? 하긴 로카일도 그랬지. 차라리 굶어 죽으면 죽었지 트레네 숲과 교역을 하는 일은 없을 거라 하던데 말이야."

"후우! 나 또한 동일한 심정이오. 나는 지금 충분히 먹고살 만하지만, 설령 궁색한 상황이라 해도 트레네 숲과 교역을 하는 일은 없을 거요. 그쪽으로는 오줌도 싸지 않는다는 말이오."

그러자 헤네랄이 로티어를 쏘아보며 말했다.

"크큿! 그……렇다면 오히려 이건 그대에게 매우 좋은 기회야. 두려워 회피하지 말고 용기를 내서 트레네 숲과 교역을 한다면, 두 번 다시 악몽을 꾸지 않게 될 거네."

"그, 그건 말도 안 되는 일이오. 지금도 악몽을 꾸다 일어나 잠을 못 자고 있었단 말이오."

"그……러니까 더더욱 해야 한단 말이네. 직접 가서 트레네 숲이 얼마나 안전한 곳인지, 또한 이제 과거의 잘못으로 그대를 누구도 괴롭히지 않는다는 것을 체험해 봐야 한다는 것이지. 그런 다음에야 자네는 더 이상 악몽을 꾸지 않고 편히 잠들 수 있을 것이네."

"으음……!"

로티어는 그 말에 반박을 할 수가 없었다. 헤네랄이 하는 말이 결코 틀리지 않다는 것을 그 역시 언뜻 알고 있었기 때문이다. 그러나 섣불리 마음이 움직이지 않았다. 그만큼 그에게 있어 트레네 숲은 두려운 장소였다.

"크큿! 관……심이 없다면 어쩔 수 없지. 이제 그 서신은 돌려주게. 다른 사람을 찾으러 가 봐야겠군."

"도움이 되어 드리지 못해 죄송하오."

로티어는 고개를 끄덕이며 서신 두루마리를 헤네랄에게 돌려줬다.

"나……중에라도 혹시 관심 있으면 트레네 숲으로 찾아오게. 교역은 언제든 환영이라네. 크크큭."

헤네랄은 특유의 섬뜩한 눈빛을 번뜩이며 키득거리더니 창문 밖으로 홀연히 사라졌다. 로티어는 그가 사라진 창문을 멍한 표정으로 한동안 바라보았다.

'후우! 헤네랄의 말이 맞다. 어쩌면 이 빌어먹을 악몽을 치료할 수 있는 좋은 기회일 수도 있다.'

이대로 있으면 어쩌면 평생 동안 악몽에 시달려야 할 수도 있었다. 차라리 한 번 이를 악물고 트레네 숲에 무사히 다녀오면 더 이상 악몽을 꾸지 않고 편히 잠을 잘 수 있을지도 모른다.

예전 그였으면 고민해 볼 것도 없이 갈 것이다. 그러나 한 번 호되게 당한 경험이 그를 너무 소심하게 만들었다. 아니, 소심 정도가 아니라 겁쟁이가 되어 버린 것이다.

'으득! 좋다. 어차피 돈도 많이 벌 기회이니, 못 갈 것 없지.'

새벽이 지나고 환한 아침 햇살이 밝아 올 무렵까지 고민에 빠져 있던 로티어는 드디어 결단을 내렸다. 곧바로 그는 집무실로 이동한 후 충성스러운 기사들인 베릭과 자딕을 불러들였다.

잠시 후 베릭과 자딕이 그의 집무실로 달려왔다.

"부르셨습니까, 백작님?"

"어서들 오게. 잠들은 잘 잤나?"

그러자 베릭과 자딕이 머리를 긁적이며 침울한 표정을 지었다.

"그게 새벽에 비명을 지르며 깨다 보니 제대로 못 잤습니다."

"저도 그렇습니다."

베릭과 자딕도 로티어와 같은 신세였다. 새벽마다 비명을 지르며 깨다 보니 둘 다 아내들과 각방을 쓰고 있다고 했다. 심지어 부부간의 관계도 소원해지고 있다고 했다.

'나도 나지만 저 녀석들 때문에라도 꼭 다녀와야겠군.'

그들을 보며 로티어는 트레네 숲과 교역을 하겠다는 마음을 굳혔다.

사실 교역을 한다고 해서 로티어가 직접 움직일 필요는 없는 일이었다. 부하들 중 한 명을 인솔자로 정해 보내면 되는 일이니까.

그러나 로티어는 자신이 직접 가기로 했다. 그리고 수행인원도 당시 트레네 숲에 갔던 이들 위주로 편성해서 이동할 생각이었다. 그렇게 해야 모두에게서 트레네 숲에 대한 공포와 악몽이 사라질 것이니까.

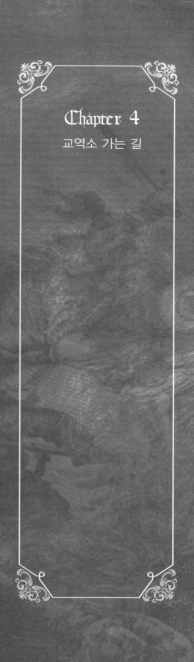

Chapter 4

교역소 가는 길

"베릭, 자딕! 트레네 숲으로 떠난다. 모두 준비해라."

"옛? 그게 무슨 말씀이신지."

"엘프의 수호 정령 엘리나이젤이라는 자로부터 서신이 왔다."

"서신이라고요?"

"그래. 그는 우리와 교역을 하기 원하고 있어."

로티어는 자신의 방에 언데드 엘프 헤네랄이 왔었던 일을 간략하게 얘기해 주었다. 그러자 베릭과 자딕의 안색이 해쓱하게 변했다.

"하지만 그곳에 갔다간 무슨 봉변을 당할지 모르지 않습니까?"

"맞습니다. 그렇지 않아도 그 일 때문에 잠도 제대로 못자는데, 또 갔다간 제명에 죽지 못할 것입니다."

베릭과 자딕은 울상을 지었다. 로티어 역시 그들의 표정을 보며 잠시 마음이 흔들렸지만 이내 인상을 굳혔다.

"닥쳐라! 언제까지 악몽에 시달릴 것이냐? 두려움을 회피하지 말고 직면하는 용기가 필요하다. 우리가 아닌 그쪽에서 먼저 손을 내밀었으니 명분도 있지 않으냐?"

자딕이 로티어의 눈치를 보며 말했다.

"하…… 하지만 갔다가 죽으면 어떻게 합니까? 혹시라도 먹을 게 부족해서 우리를 잡아먹으려고 수작을 부렸을지도 모릅니다. 거기 무식한 몬스터들이 득실거리는 곳이니 틀림없다고요."

"쯧! 명색이 기사라는 놈이 그렇게 겁이 많아서야. 그러면 죽는 거지 뭐 별거 있냐? 어쨌든 나는 더 이상 이 꼴로는 못 살겠다."

그러자 베릭이 주먹을 불끈 쥐며 고개를 끄덕였다.

"흐으! 저 역시 이렇게는 못 살겠습니다. 죽든지 살든지 가서 결판을 내는 게 좋겠습니다."

"흐흐! 좋은 생각이다. 그럼 어서 가서 준비해라. 교역단은 당시 갔던 녀석들 위주로 편성한다."

"옛! 알겠습니다."

베릭과 자딕이 달려갔다. 그들의 일 처리 속도는 빨랐다.

오후 무렵 클로버 상단의 깃발이 펄럭이는 20여 대의 큼직한 짐마차들이 트레네 숲을 향해 출발했다. 백마를 탄 로티어가 그의 기사들과 종자들, 그리고 용병들과 함께 마차를 호송하며 달리고 있었다.

잠시 달리자 날이 어두워졌다. 곧바로 야숙을 위해 캠프를 세우라 명하려던 로티어는 전면에 수십 개의 천막으로 이루어진 임시 캠프를 발견하고 놀랐다.

'저 깃발은 메이플 상단의 것이 아닌가?'

메이플 상단은 넬슨 백작의 가문에서 운영하는 상단이었다. 그리고 보니 넬슨 백작이 로티어에 앞서 교역단을 꾸린 후 출발했다가 이곳에서 캠프를 세운 모양이었다.

그때 캠프에서 험상궂은 인상에 건장한 체격을 지닌 사내가 눈을 크게 뜨며 걸어 나왔다.

"아니, 로티어 백작이 아니시오? 이곳엔 어인 일이신지?"

"허허! 다 알면서 뭘 묻는 게요? 내가 설마 트레네 숲에 유람이라도 가려고 이곳에 왔겠소?"

그러자 넬슨이 쓸쓸히 웃었다.

"흐흐! 로티어 백작도 그 서신을 받았으리라 짐작은 했지요. 어쨌든 장소가 장소이니만큼 쓸데없는 일로 서로 감정 상하지 않도록 조심하는 게 어떻소?"

"그야 내가 하고 싶은 말이었소, 넬슨 백작."

다른 곳에서는 서로 못 잡아먹어 안달인 둘이었지만 트레네 숲에 들어가서는 웬만해선 그런 견제를 자제하기로 합의했다. 별것 아닌 일로 공연히 충돌을 빚었다가 자칫 숲의 로드의 분노를 사기라도 하면 돌이킬 수 없는 일을 당할 수 있기 때문이었다.

잠시 후 로티어 백작이 이끄는 교역단의 캠프가 넬슨 백작의 캠프 옆에 세워졌을 무렵, 서쪽에서 또 일단의 무리들이 나타났다. 다름 아닌 로카일 용병단의 인물들이었다.

로카일 용병단의 재력은 비록 클로버 상단이나 메이플 상단에는 미치지 못했지만, 그래도 어지간한 중소 상단을 능가하는 터였다. 그래서 그 역시 조촐하나마 트레네 숲으로 향하는 제법 큰 교역단을 꾸밀 수 있었다.

그러나 트레네 숲으로 향하는 교역단은 그게 끝이 아니었다. 언데드 엘프 헤네랄이 얼마나 쑤시고 돌아다녔는지 도처에서 작은 교역단들이 트레네 숲을 향해 계속 몰려들고 있었다.

그중에는 불과 서너 명 정도의 규모로 이루어진 소규모 행상 교역단도 적지 않았다. 심지어 커다란 배낭을 짊어진 행상이 혼자 이동하는 모습도 제법 보였다.

　"뭐야? 저런 뜨내기 행상인 녀석들에게도 헤네랄이 서신을 전해 준 건가?"

　로티어가 어이없다는 듯 말하자 베릭이 씩 웃으며 대답했다.

　"거대 상단들이 트레네 숲으로 향하는 것을 보고 소문이 퍼졌을 겁니다. 눈치 빠른 행상인들이 한몫 잡아보려고 하나둘 뭉친 것이겠지요."

　"허! 그럴 수도 있겠군."

　로티어는 베릭의 말에 일리가 있다고 생각했다. 그러나 그는 과연 트레네 숲이 자신의 상단을 비롯한 수많은 상인들에게 기회의 땅이 될 것인지, 아니면 지옥과 같은 저주의 땅이 될 것인지는 아직 확신하지 못했다.

　그렇게 쉽게 확신하기에는 당시 당했던 징벌이 너무 끔찍했기 때문이었다.

　그사이 새로 도착한 상단이나 행상인들도 먼저 세워진 캠프 근처에 텐트를 치고 야숙을 준비했다.

　그러다 보니 날이 완전히 어두워져 하늘에 별이 총총 떠오를 무렵에는 수백 개의 크고 작은 막사나 텐트들에서 새어 나오는 불빛이 불야성을 이루게 되었다.

'크크크!'

멀리서 그 모습을 보며 기이한 미소를 짓고 있는 한 청년이 있었다.

그의 이름은 로빈.

갈색 머리에 왜소한 체격, 선량해 보이는 인상을 가진 청년 로빈은 등에 커다란 배낭을 메고 있었다.

'크크! 이거 의외로 일이 쉽게 풀리는군. 이대로라면 아주 쉽게 트레네 숲으로 들어갈 수 있겠어.'

로빈은 다름 아닌 아마스칼이었다. 엄밀히 말하면 아마스칼의 분신이었다.

그런데 마족과 비슷한 분위기를 풍기던 이전과 달리 지금 로빈으로부터는 그 어떤 사악한 기운도 풍겨 나오지 않았다.

'지금의 나는 인간이다. 설사 라사라 님이라 해도 지금의 나만 보면 정체를 알아보지 못할 텐데 엘리나이젤 놈이라고 별수 있겠는가. 크크크.'

그것은 로빈의 착각이 아니라 사실이었다. 현재 그는 누가 봐도 알아볼 수 없을 만큼 평범한 인간의 형상이었다. 로빈의 전신 어디에서도 암흑마나와 관련된 기운을 찾아볼 수 없었다.

그러나 그런 만큼 현재 로빈은 평범한 인간 이상의 능력을 발휘할 수 없었다. 검술은커녕 마법도 펼칠 수 없고 심지어 체력도 평범한 뜨내기 행상 정도의 수준에 불과했다.

그래도 로빈의 표정은 느긋했다. 그는 지금 엘리나이젤과 싸우러 가는 것이 아니라 숲을 살피러 가기 위함이었으니까.

물론 결정적인 순간에는 특별한 주문을 통해 하급 마족에 육박하는 힘을 발휘할 정도의 힘을 끌어낼 수 있었다. 또한 다른 분신이 일정한 거리 이내로 접근하면 상급 마족 수준의 힘도 발휘가 가능했다. 다만 그 이후에는 정체를 다시 숨길 수 없는 문제가 있지만 말이다.

'자, 이제 평범한 인간처럼 행동해 볼까?'

로빈은 불야성을 이루고 있는 캠프들 근처에 자신의 텐트를 세웠다. 배낭에서 건량을 꺼내 씹은 후 물병에 있는 물을 마시고, 곧바로 잠이 들었다. 그는 완벽한 인간처럼 행동했다.

이튿날 새벽 다른 사람들이 깨어나 움직이자 로빈은 눈을 뜨고 일어났다. 그 또한 간략하게 아침을 먹고 서둘러 트레네 숲을 향해 이동했다.

"어이! 이봐요, 혼자 왔수?"

누군가 로빈을 향해 말을 걸었다. 고개를 돌려 보니 커다란 배낭을 메고 있는 청년 둘이 로빈을 보고 있었다.

"예. 그런데요. 무슨 일이오?"

"호! 잘됐소! 그러면 우리와 같이 가는 게 어때요? 혼자 보다는 여럿이 모여야 협상에 유리하니까요."

그 말에 로빈은 생각할 것도 없다는 듯 흔쾌히 고개를 끄덕였다.

"그야 저도 좋지요. 저는 로빈입니다. 그쪽은?"

"안드레요."

덩치 좋은 청년이 씩 웃으며 자신의 이름을 소개했다.

"난 훌리안이오."

이어서 왼쪽 눈을 가리개로 막고 있는 애꾸 청년이 자신의 이름을 밝혔다. 로빈은 짐짓 사람 좋은 미소를 지으며 말했다.

"저는 행상일이 처음이니 두 분께서 많이 도와주세요."

그러자 안드레와 훌리안의 표정이 기괴하게 변했다. 그들은 서로 눈빛을 주고받더니 이내 의미심장한 미소를 짓는 것이었다.

'흐흐, 행상일이 처음이라고? 순진해 보이는 녀석이군.'

'적당히 이용해 먹기 좋은 녀석이다. 후후후.'

그러나 안드레와 훌리안의 그런 속내를 로빈은 전혀 모

르는 듯 사람 좋은 미소를 연신 흘리고 있었다.

"헤헤! 그럼 어서 가요. 우리도 한몫 잡아야지요."

"흐음! 뭐, 그리 서두를 것 없소. 내 친구가 트레네 숲에서 한자리를 차지하고 있으니, 그 녀석에게 부탁하면 웬만한 물량은 내줄 거요."

"친구라고 하셨나요?"

로빈의 두 눈이 커졌다. 그러자 안드레가 득의만만한 표정으로 고개를 끄덕였다. 그는 자연스레 반말을 하기 시작했다.

"물론이지. 내 친구 녀석이 숲의 로드의 직속 부하라고! 녀석은 아마 트레네 숲에서 세 손가락 안에 드는 실력자가 되었을 거야."

"오! 정말 대단하군요."

뜻밖의 정보를 얻은 로빈은 입가에 살짝 미소를 떠올렸다. 그는 짐짓 놀라는 척하며 안드레와 훌리안을 추어주었고, 그들의 친구가 한스라는 사실을 어렵지 않게 알아냈다.

한스에 대해서는 로빈도 이미 알고 있었다. 인페르노의 어새신들이 보고한 것들 중에 한스라는 중급 용병이 무혼의 부하라고 적힌 대목이 있었기 때문이다.

그런데 우연히 만난 이들이 한스의 친구들이라니 로빈

으로서는 생각지도 않은 행운이었다..

'크크, 이것 봐라? 매우 흥미로운걸.'

그러나 내심과는 달리 로빈은 계속 순진무구한 표정을 지으며 안드레와 훌리안을 따라갔다.

훌리안이 문득 물었다.

"근데 로빈 자네, 돈은 얼마나 가져왔나? 아, 이상하게 생각 말라고. 일행이 되었으니 자네의 자금이 대충 얼마 정도 되는지는 알고 있어야 하지 않겠나. 이건 가서 협상을 할 때 꼭 필요한 부분이라서."

"하하, 그렇군요. 저는 100골드 조금 넘게 있습니다. 그동안 모아 둔 것을 다 털었거든요. 그걸로 이번에 트레네 숲에 있는 진귀한 물건들을 사서 한몫 제대로 벌어 보려고 합니다."

그러자 안드레와 훌리안의 두 눈이 휘둥그레 변했다. 그들은 설마 로빈이 100골드나 되는 거액을 가지고 있으리라고는 상상도 못 했던 것이다. 그들은 이내 득의만만한 표정으로 서로의 눈빛을 교환했다.

안드레가 곧바로 말했다.

"우리에 비하면 아주 적지만 그래도 그 정도면 그리 나쁘지 않은 금액이군. 참, 나는 5천 골드, 이 친구도 그와 비슷한 금액을 가지고 왔지."

"5천 골드요?"

로빈이 놀라는 표정을 짓자 안드레는 크게 웃으며 대답했다.

"하하하! 뭘 그리 놀라나? 그래 봤자 우리 돈의 일부에 불과해. 우리가 비록 행색은 이렇지만 돈은 꽤 있어. 일부러 이렇게 보이는 거라고. 짐짓 가난한 행상인 것처럼 누추하게 다녀야 강도나 도적단 같은 녀석들이 달라붙지 않고 편하지 않겠나?"

누가 들어도 거짓말이라는 것이 딱 드러나 보이는 황당한 허풍이었지만 안드레의 표정은 사뭇 진지했다. 게다가 훌리안이 거드름을 피며 가세했다.

"흐흐! 그거야 이를 말인가? 돈 있는 기색이 보이면 여기저기서 달라붙어 뜯어먹으려고 하니 여간 귀찮은 게 아니거든. 아무튼 나는 작으나마 상단도 하나 가지고 있지. 뭐 작긴 해도 1년 순이익이 대충 10만 골드는 나온다네."

"10만 골드요? 세상에! 그렇게 엄청난 부자신 줄 몰랐습니다."

로빈은 속으로 어이가 없었지만 내색하지 않고 놀란 듯 입을 딱 벌렸다.

훌리안은 여유로운 미소를 지었다.

"우리는 사실 여기에 한몫 잡으러 온 게 아니라 그냥 친구도 만날 겸 놀러 온 것에 불과해. 덕분에 자네 같은 좋은 친구도 만났으니 얼마나 좋은가? 흐흐. 어쨌든 이것도 인연이니 자네가 제대로 한몫 잡을 수 있도록 도와주겠네. 금액이 좀 적긴 하지만 말이야."

"저는 고작 1백 골드뿐인데 한몫을 잡을 수 있을까요?"

로빈이 주눅 든 표정을 짓자 안드레가 로빈의 어깨를 툭 치며 씩 웃었다.

"괜찮네. 그래도 1백 골드면 최소한의 자금은 되니까."

훌리안이 동조하며 말했다.

"암! 안드레의 말대로야. 그 정도 최소한의 자금도 없이 헛꿈을 꾸는 녀석들이 어디 한둘인가? 요즘 빈털터리들 주제에 어떻게 요행으로 돈 좀 벌어 보겠다고 하는 한심한 녀석들이 많은데, 로빈 자네는 그래도 기본은 되어 있는 거야."

"하하, 그렇군요."

로빈이 웃으며 고개를 끄덕이자 훌리안이 의미심장한 미소를 지으며 말했다.

"내친김에 말을 하지. 우리는 친구 한스에게 많은 물량을 받을 생각이야. 그 친구라면 우리 얼굴을 봐서 물건의 값을 대폭 깎아 줄 거라고. 어쩌면 남들 사는 가격의 반도 안 되는 가격까지 낮춰 줄 수도 있어."

"오! 정말입니까? 저도 그 가격에 살 수 있다면 좋을 텐데요……."

로빈이 두 눈을 크게 뜬 채 한없이 부럽다는 표정을 지었다. 훌리안은 회심의 미소를 지으며 말했다.

"그거야 걱정 말라고. 우리를 통해 사면되니까."

"그게 가능할까요?"

"대신 그땐 자네의 자금을 우리에게 맡겨야 돼. 한스는 친구인 우리를 봐서 특혜를 베푸는 거라 다른 사람이 끼어드는 건 좋아하지 않는단 말이야. 물론 우리를 믿을 수 없다면 어쩔 수 없겠지만. 아, 설마 우리가 자네의 그런 푼돈을 가지고 튈 거라 생각하지는 않겠지?"

"하하, 그럴 리가 있겠습니까?"

로빈은 머리를 긁적이며 웃었다. 그러나 그와 달리 그의 내심은 자신에게 허튼수작을 부리는 안드레 등이 가소로워 미칠 지경이었다.

'크! 정말 어설픈 놈들이군. 설마 이따위 얕은 수작에 넘어가는 머저리들이 있을 거라 생각하는 건가?'

생각 같아서는 당장 손봐주고 싶었다. 아니, 그보다는 차라리 사기를 치려면 이렇게 쳐라, 라며 오래전 암흑가에서 잔뼈가 굵었던 자신의 비기를 이 어설픈 얼간이들에게 전수해 주고 싶은 심정도 들 정도였다. 오죽하면 말이다.

그러나 다시 생각해 보니 안드레 등이 자신을 얼마나 물로 봤으면 이런 수작을 부릴까 하는 생각이 들자 로빈은 오히려 흐뭇했다. 그거야말로 그가 바라던 것이었으니까.

그는 짐짓 결연한 눈빛을 하며 1백 골드가 들어 있는 주머니를 배낭에서 꺼내 내밀었다.

"그럼 당신들을 믿고 돈을 맡기겠습니다."

순간 안드레와 훌리안의 입가에 회심의 미소가 맺혔다. 곧바로 안드레는 손을 내밀어 로빈의 돈 주머니를 낚아채려고 했다.

그런데 바로 그때 뒤쪽에서 누군가 차갑게 외치는 것이었다.

"어이! 안드레, 훌리안! 너희들 아직도 정신 못 차렸구나. 순진해 보이는 사람을 꼬드겨 돈을 등쳐먹으려 하다니 말이야."

"뭐? 감히 어떤 놈이!"

안드레와 훌리안이 인상을 확 구기고 고개를 돌렸다. 그러나 그들의 인상은 이내 경악으로 물들었고 해쓱한 표정으로 변하고 말았다.

"다, 당신은!"

플레이트 아머에 롱소드로 무장한 한 사내가 말을 탄 채로 그들을 사납게 노려보고 있었다.

그는 다름 아닌 로티어 백작의 기사인 자딕이었다. 한때 로티어 백작의 밑에서 일한 적 있는 안드레와 훌리안은 기사 자딕이 얼마나 깐깐하고 차가운 성격을 가지고 있는지 잘 알고 있었다.

특히나 그들이 친구 한스의 돈을 등쳐먹었을 뿐 아니라 그것을 도박으로 모조리 날린 것을 자딕은 잘 알고 있었다. 그 때문에 자딕은 그들을 사람 취급하지 않고 냉대하고 있었다.

그렇지 않아도 자딕은 아까 멀리서 안드레와 훌리안을 발견하고는 유심히 지켜보고 있었다. 그러다 그들이 웬 순진해 보이는 청년을 꼬드기는 것 같자 틀림없이 사기를 치고 있다고 확신하고 뒤따라온 것이었다.

'제, 제길! 하필이면.'

'으윽! 다 구운 빵에 흙을 뿌리다니.'

안드레와 훌리안은 아쉬움과 원망이 가득한 눈빛으로 자딕을 힐끔 노려보다 후다닥 달아나 버렸다. 어안이 벙벙한 표정으로 서 있는 로빈을 향해 자딕이 혀를 차며 물었다.

"너는 왜 돈주머니를 그 사기꾼들에게 주려고 했느냐?"

"저자들이 돈을 많이 벌 수 있게 해 준다기에 그만……."

"쯧! 저놈들이 네게 무슨 말을 했는지 모른다만, 모두 거짓말이라고 생각하면 된다. 애써 번 돈을 모조리 날리고 싶지 않으면 정신 바싹 차리는 게 좋을 것이다."

"고, 고맙습니다."

로빈은 어수룩한 표정으로 머리를 긁적였다. 그러자 자딕은 인상을 찌푸리며 말했다.

"딱 보니 세상 물정을 전혀 모르고 있는 숙맥 같은데 여긴 뭣 하러 왔느냐?"

"트레네 숲에 가면 돈을 벌 수 있다고 하기에, 헤헤!"

"쯧! 충고라고 생각하고 들어라. 내가 볼 때 너는 장사에 어울리지 않는 성격이다. 공연히 돈 날리지 말고 그냥 하던 일이나 하는 게 좋을 것이다."

"하하, 역시 그런가요? 그런 소리를 참 많이 듣긴 했습니다."

로빈은 머리를 긁적이며 어색하게 웃었다. 자딕은 그런 로빈을 보며 혀를 찼다. 그때 뒤쪽에서 베릭이 외치는 소리가 들렸다.

"자딕, 거기서 뭐 하는 건가? 이제 떠나야 된다고."

"예. 바로 가겠습니다."

자딕은 고개를 힐끗 다시 돌려 로빈을 노려보며 말했다.

"따라와라. 클로버 상단 행렬에 합류시켜 줄 테니."

"그, 그래도 되나요?"

"너는 그냥 조용히 뒤에서 따라오면 된다. 그러면 적어도 얼간이 사기꾼들이 달라붙진 못할 거다."

"헤헤! 이 은혜 잊지 않겠습니다."

로빈은 속으로 쾌재를 부르며 재빨리 자덕의 뒤를 따라갔다. 그렇게 로빈은 클로버 상단의 행렬에 합류했다.

*　　　*　　　*

스스스.

얼마 후 로티어의 클로버 상단이 트레네 숲에 도착하자 앞쪽에 짙은 안개가 피어나 그들을 뒤덮었다.

'이, 이게 무슨?'

깜짝 놀라는 로티어의 앞에 언데드 엘프들이 나타나 말했다.

"크큿! 트……레네 숲에 온 것을 환영한다, 인간들이여. 남쪽으로 쭉 내려가다 보면 강을 따라 동쪽으로 통하는 큰길이 나올 것이다. 그 길을 타고 이동하면 엘리나이젤 님이 마련해 놓은 교역소가 있다."

언데드 엘프들은 길 안내를 위해 대기하고 있었던 모양이었다. 그들을 말을 들은 로티어는 경악을 금치 못했다.

'놀랍군. 숲에 큰길을 만들었다는 말인가?'

본래라면 숲에 도착한 후부터는 말이나 마차를 통한 이동이 불가능했는데, 그사이 엘리나이젤은 말이나 마차로도 충분히 이동한 길을 닦아 둔 것이다.

"베릭, 남쪽으로 간다. 큰길이 나올 때까지 이동한다."

"예, 백작님."

베릭은 행렬을 남쪽으로 출발시켰다. 그런데 그들이 가는 곳을 따라 흑색의 안개가 양옆으로 펼쳐져 있어 그 사이로 일종의 길이 형성되어 있었다.

그 길을 따라 쭉 내려가니 클로버 상단 행렬은 손쉽게 동쪽으로 향하는 큰길을 찾을 수 있었다. 그곳에서도 언데드 엘프들이 대기하고 있다가 말했다.

"크큿, 교……역소까진 꽤 머니 저곳에서 야숙을 하고 가는 게 좋을 것이다."

언데드 엘프가 가리킨 장소는 야영을 하기 좋은 널따란 평원이 펼쳐져 있었다. 근처에 강이 흐르고 있어 식수를 보충하기도 좋았다.

로티어는 고개를 끄덕였다.

"그렇지 않아도 일행이 피로에 젖어 야숙을 하려던 참이었는데 잘됐군요."

"크크크! 불……편해도 참아라. 엘리나이젤 님께서는

조만간 이곳에도 여행객이나 상인들을 위해 여관 같은 건물을 대거 지을 생각이라 하셨으니 말이야. 그때는 좀 더 편하게 밤을 보내고 갈 수 있을 거다."

그 말에 로티어의 두 눈이 번쩍 뜨였다. 그는 곧바로 두 눈을 빛내며 말했다.

"허허! 정녕 그런 뜻을 가지고 계신다면 제가 도울 수 있을 것 같소. 허락해 주신다면 여관뿐만 아니라 식당이나 다른 건물들도 몽땅 지을 생각이오만. 물론 이에 대한 인부와 물자는 모두 내가 부담하겠소. 허허허!"

로티어는 이 자리야말로 장차 엄청난 수익을 얻을 수 있는 황금 상권 중 하나가 되리라 확신했다. 트레네 숲의 교역소로 가기 위해 반드시 거쳐야 할 필수 경유처이자 필수 휴식처이기 때문이다.

그래서 이곳에 상단이 운영하는 여관과 식당, 각종 상점이나 술집 등을 세워 놓으면 수입이 짭짤하리라는 계산이 든 것이다.

그러나 무턱대고 건물을 지을 수는 없는 일. 트레네 숲의 허락을 받아야 하는 일이었다. 언데드 엘프가 말했다.

"좋……은 생각이다만 그건 내가 결정한 일이 아니다. 엘리나이젤 님께 여쭤 보도록 하지."

"부디 좋은 소식이 들리길 바라겠소."

그런데 그때 뒤쪽에서 다급한 음성이 들렸다.

"잠깐! 나 역시 허락만 해 주시면 얼마든지 건물을 지을 것이오. 세금도 납부할 테니 투자를 허락해 주시오."

다름 아닌 넬슨 백작이었다. 그가 이끄는 메이플 상단도 이곳에 도착해 있었던 것이다. 로티어가 넬슨을 노려보며 말했다.

"넬슨 백작! 치사하게 남의 사업에 끼어들 생각이오?"

"흐흐! 로티어 백작! 혼자서 이 좋은 상권을 독차지할 생각이라면 헛꿈 깨는 게 좋을 거요."

그런데 그들뿐이 아니었다. 뒤늦게 도착한 로카일 용병 단장 또한 적극 관심을 보였다. 중소 상단들의 단주들을 비롯해 제법 돈이 있는 상인들도 두 눈이 벌게져 서로 돈을 대겠다고 난리였다.

결국 언데드 엘프들이 시뻘건 두 눈을 부라리며 외쳤다.

"크으으으! 모……두 닥치지 못하겠느냐? 한 번만 더 떠들면 두 번 다시 말을 못 하게 입을 뭉개 버리겠다!"

살벌한 기세에 모두들 입을 닫았다. 언데드 엘프의 기세를 보니 정말로 두 번 다시 말을 못 하게 만들어 버릴 것 같아서였다.

잠시 후 언데드 엘프 중 하나가 로티어 등을 향해 다가와 말했다.

"크큿! 엘……리나이젤 님께 여쭤 보니 답해 주셨다. 그 분께서는 당분간 트레네 숲의 식구들에게만 건물을 짓도록 허락해 주신다고 하셨으니 더 이상 쓸데없는 생각 마라. 너……희 같은 이방인들에게는 오직 교역의 기회만 허락될 뿐이다."

그 말에 로티어 등은 모두 아쉬운 듯 입맛을 다셨다. 그들은 모두 정해진 야영지로 가서 텐트를 세우고 야영 준비를 했다.

'아깝군. 이곳을 독점할 수 있다면 돈이 엄청나게 들어올 텐데 말이야.'

부하들이 야영 준비를 하는 동안 로티어는 주변을 돌아보며 아쉬움을 감추지 못했다. 그러던 그는 문득 쓴웃음을 지었다.

'허허! 이 상황에 돈 벌 궁리나 하고 있다니 나도 정말 어쩔 수 없는 놈이군.'

돈을 벌기보다 매일 꾸는 악몽으로부터 해방되기를 기대하며 왔던 그가 아니었던가? 그런데 그사이 돈 벌 궁리를 할 만큼 살 만해졌다는 말인가?

신기한 일이지만 그는 살 만해진 것이 맞긴 했다. 트레네 숲에 도착하기 전까지만 해도 그는 이곳에 대한 두려움에 잔뜩 긴장하고 있던 터였다. 그는 오늘 새벽에도 악몽을 꾸다 일어났으니까.

그런데 막상 도착하고 나니 그러한 두려움이 자연스럽게 사라져 있었다. 그것은 매우 이상한 일이 아닐 수 없었다.

아직 숲의 로드나 그의 권속이라는 엘프의 수호 정령 엘리나이젤을 만난 것도 아니었다. 또한 그 어떤 교역이 이루어진 것도 아니었는데, 마치 어둠이 걷히듯 숲에 들어오자 그동안의 마음에 있던 공포가 사라져 버린 느낌이었다. 그것은 로티어뿐 아니라 다른 인물들도 비슷한 듯했다.

'어쩌면 오늘 밤은 악몽을 꾸지 않을지도 모르겠군.'

로티어의 입가에 모처럼 짙은 미소가 맺혔다.

Chapter 5
인간과 몬스터의 교역

　트레네 숲 남부에 위치한 교역소.

　남부 마느강의 북부에 만들어진 큼직한 교역소 건물은
임시로 지어진 것이라 다소 투박했지만, 가히 작은 성을
방불케 할 만큼 위세가 있었다.

　서쪽으로는 인간들의 땅에서, 또한 동쪽으로는 몬스터
들의 땅에서 각각 인간들과 몬스터들이 식량과 각종 특산
품들을 잔뜩 싣고 와 교역소에서 거래를 시작했다.

　가장 먼저 도착한 교역단은 켈쿰의 오크들이었다. 라칸
의 딸 카듀의 인솔 아래 도착한 오크 교역단은 50개의 수

레에 쌓여 있던 곡식과 500여 마리의 그라드를 트레네 숲에 인계하고, 그에 해당하는 가치의 약초를 받을 수 있었다.

트레네 숲에서 나는 약초 중 가장 희귀하다고 알려진 아사 풀잎은 상처 부위에 풀잎을 바르기만 해도 나을 정도로 치료 효능이 뛰어났다. 그런 만큼 아사 풀잎의 물량은 한정되어 있었는데, 카듀는 그것들을 모두 확보해 버린 것이었다.

뒤늦게 도착한 베라카 왕국의 상단들과 행상인들은 아사 풀잎보다 효능이 떨어진 약초를 할당받았다. 이어서 몰려든 리자드맨 상단과 코볼트 상단들이 와서 남아 있는 약초 물량은 모두 소진되었다.

트레네 숲에서 판매하는 첫 번째 특산품은 이렇게 소진되었지만, 교역소에 온 상인들의 거래는 거기서 끝이 난 것이 아니었다. 교역소에 내에 한정해서 자유롭게 상인들끼리 거래를 허락해 주었기 때문이다.

인간을 잡아먹기도 하는 몬스터들과 그것들을 살육의 대상으로 바라보는 인간들과의 조우는 당연히 자연스러운 분위기를 형성하기 힘들었다.

그러나 그들은 서로를 경계하며 꺼림칙하게 쳐다봤을 뿐 섣불리 공격을 한다거나 하는 경솔한 짓을 벌이지 않았다.

그 이유는 쓸데없는 충돌을 벌일 경우 용서하지 않겠다는 엘리나이젤의 경고 때문이기도 했지만, 인간과 몬스터의 종족을 초월해 머천트(merchant)라는 직업 특유의 동질성이 서로에게 작용한 것도 있었다.

이문을 남길 수 있는 거래라면 상대가 인간이건 몬스터건 그게 무슨 상관이겠는가. 애초부터 엘리나이젤의 서신을 통해 그에 대한 기대를 하고 이곳에 왔던 그들이었다. 트레네 숲에서 필요한 식량 외에도 갖가지 특산품을 잔뜩 싸들고 온 이유도 바로 그것 때문이었다.

인간과 몬스터의 교역.

그것은 매우 기이하면서도 흥미로운 일이었으며, 동시에 상당히 이익이 많이 남는 일이기도 했다.

인간들이 가진 물건 중 평범한 것들이 몬스터들에겐 진귀한 것이 될 수도 있고, 반대로 몬스터들에게 흔한 물품이 인간들에게 매우 값진 것이 될 수 있기 때문이었다.

설령 가치가 크지 않더라도 호기심으로 인한 수요는 폭발적일 것이었다. 인간들이 만든 부드러운 옷감과 멋진 무늬의 장식품에 몬스터들은 눈독을 들였고, 인간들은 오크들의 무기와 방어구, 코볼트 장인들이 만든 강한 강도의 무기와 각종 당과류, 리자드맨들의 향신료, 도자기 등에 관심을 보였다.

문제는 서로 말이 통하지 않는다는 것!

다행히 그 문제는 엘프들이 통역을 맡아 해결해 주었다. 다른 어떤 종족보다 언어에 관해 특별한 재능을 지닌 엘프들은 대부분 많은 종족의 언어에 능통해 있었다.

늘씬하면서도 아름답기 그지없는 통역 담당 여성 엘프들의 모습에 로티어 등을 비롯한 인간들의 두 눈이 휘둥그레졌다. 그러나 동시에 그녀들로부터 풍기는 섬뜩한 한기에 그들은 몸을 떨었다.

한때는 오크들의 노예였지만 이제는 자유로운 존재가 된 엘프들은 인간뿐 아니라 오크들을 보면서도 당당했다. 다크 엘프가 되어 섬뜩한 기세를 풍기는 그녀들 앞에 오크들이 오히려 기가 죽을 뿐이었다.

"저는 살레스라고 해요. 도움이 필요하신가요?"

클로버 상단의 로티어를 향해 여성 엘프 하나가 걸어왔다. 로티어는 씩 웃으며 정중하게 자신을 소개했다.

"반갑소. 나는 베라카 왕국의 로티어 백작이오."

그러자 셀라스는 담담한 눈빛으로 고개를 슬쩍 숙이고는 대답했다.

"반가워요, 로티어 백작님. 원하시는 대상이 있으면 통역을 도와드릴 수 있어요."

베라카 왕국의 귀족인 로티어 백작 앞에서도 셀라스는 당당했다. 그러나 로티어는 그것이 당연하게 느껴졌다. 그는 조심스레 물었다.

"저기 코볼트들이 파는 무기를 좀 볼까 하오만."

"어렵지 않은 일이죠. 따라오세요."

로티어는 셀라스를 따라가 코볼트 상인들과 거래를 할 수 있었다.

"크키키! 이건 우리 장인들이 만든 대검이다. 인간, 너희들이 가져온 옷감과 바꾸자."

코볼트의 말을 셀라스가 그대로 통역해 주자 로티어가 팔짱을 낀 채 코웃음 쳤다. 그는 그 대검들의 가치가 엄청나다는 것을 한눈에 알아볼 수 있었지만 그런 내색은 전혀 하지 않았다.

"흠! 이봐, 코볼트! 알고 있는지 모르겠네만 이 은빛 옷감은 실크라는 특별한 재질로 만들어진 것이야. 한 필에 대검 5자루는 받아야겠다."

"크키키! 말도 안 된다. 이 장인의 대검은 쇠라도 무처럼 썰어 버릴 수 있다고."

"흐흐! 그럼 거래를 하지 말든가. 이 옷감은 저기 리자드맨들에게 팔면 되겠군."

"크키키! 여브며으칼!"

노련한 로티어의 상술에 말려든 코볼트는 결국 대검 50자루와 실크 10필을 교환해 갔다. 그런 식으로 로티어는 교역소의 좋은 물건들을 싹쓸이하기 시작했지만, 강력한 경쟁자가 있었으니 바로 메이플 상단의 넬슨 백작이었다.

'으! 넬슨 저놈이 또 나서다니. 하여튼 사사건건 신경 쓰이는 녀석이야.'

'에이! 빌어먹을! 귀신은 뭐 하나? 저 로티어 백작 좀 안 잡아가고.'

로티어와 넬슨은 서로에게 조금이라도 뒤질세라 부지런히 움직였다. 첫 번째 교역을 마친 그들은 밤잠을 자지 않고 베라카 왕국으로 내달린 후 다시 대량의 물품을 싣고 트레네 숲의 교역소로 향하는 것을 반복했다.

그들은 거대 상단인 만큼 오크나 코볼트, 리자드맨들의 눈이 휘둥그레질 만큼 다양한 품목의 상품들을 준비해 왔다.

그러나 몬스터들 중에도 그들의 뺨을 쌍으로 후려칠 만큼 강력한 상술을 지닌 존재가 있었다. 켈쿰의 오크이자 라칸의 딸인 카듀였다.

카듀 역시 발 빠르게 움직이며 켈쿰을 왕복, 대량의 특산품을 가져와 로티어 등과 교환하며 많은 이익을 남기고 있었다.

그들뿐 아니라 중소 상단의 상인들, 코볼트 왕국과 리자드맨 왕국의 상인들도 부지런히 자신들의 거점과 트레네 숲의 교역소를 왕복하기 시작했다.

그로 인해 트롤 모리스가 예견했던 대로 트레네 숲에 들어오는 세수는 매일 눈에 띄게 증가했다.

그러나 그것은 그저 시작일 뿐이었다.

인간과 몬스터들 간 교역이 이루어지고, 그로부터 많은 이익을 남길 수 있다는 소문은 서대륙과 동대륙 양쪽으로 바람처럼 퍼져 나갔다.

심지어 서대륙에서는 베라카 왕국뿐이 아닌 다른 나라의 상단들에서도 큰 관심을 보였고, 급기야는 고바 제국의 초대형 상단이나 마탑과 같은 곳에서도 교역단을 파견하는 지경에 이르렀다.

동대륙의 경우도 켈쿰 이외의 도시에서 오크 교역단을 보냈고, 코볼트나 리자드맨 왕국에서도 무수한 상인들이 트레네 숲으로 몰려왔다.

그 탓에 엘리나이젤은 교역소 건물을 추가로 계속 짓느라 정신없었다. 교역소 인근에는 이로이다 대륙 전역에서 몰려온 인간과 몬스터들이 세운 캠프들이 군락을 이루며 밤낮을 가리지 않고 북적였다.

어쩔 수 없이 엘리아이젤은 방침을 변경했다. 건물이 아닌 막사와 같은 것들은 일정한 세금을 내면 자유롭게 세울 수 있게 해 주었다.

곧바로 상단들은 커다란 막사를 지은 후 그곳에 점원들을 상주시키며 교역 물량을 확보하게 했다. 사실상 상단들의 트레네 숲 지부가 생겨난 것이었다.

마탑들 또한 마찬가지였다. 상단 지부 막사들 옆으로 아라스 마탑과 조이 마탑과 같은 거대 마탑들의 지부 막사들이 세워졌다. 그곳에는 마법사들이 상주하며 매일 교역소의 거래에 참여했다.

마법이 깃들어진 각종 마법 공예품들과 마법 무기들은 비록 비싸긴 하지만 몬스터들에게 폭발적인 관심을 받았고, 그로 인해 마탑들은 초대형 상단들 못지않은 교역소의 큰손이 되어 갔다.

*   *   *

시끌벅적. 와글와글.

트레네 숲의 교역소가 개장한 지 어언 다섯 달이 지났다. 그사이 거대한 교역소의 건물은 열 채로 늘어나 있었고, 각각의 교역소마다 인간과 몬스터 상인들이 북적댔다.

엘리나이젤은 흐뭇한 미소를 지으며 상인들이 거래를

하는 모습을 지켜봤다. 요즘 그는 매일 들어오는 막대한 세수로 인해 입이 찢어질 지경이었다.

무엇보다 멋들어진 건물들이 생겨나고 있었다. 붉은빛 선인장 모양의 건물부터 시작해서 하얀 크림색 돌벽이 유독 눈에 띄는 큼직한 원형 건물까지.

이는 막사들만 가득한 모습이 보기 싫어서이기도 했고, 장차 이로이다 대륙 최대의 교역 도시로 만들기 위해 엘리나이젤이 특정 장소에 건물을 지을 수 있도록 정책을 변경했기 때문이다.

일단 건물을 짓기 위해서는 엘리나이젤의 허락을 받아야 하며, 건물의 소유권은 트레네 숲의 로드에게 영구 귀속된다. 다만 그 건물을 짓는 만큼 일정 세금을 면제해 줄 뿐 아니라 특정 기간 동안 그 건물을 사용할 권한을 주기로 했다.

엘리나이젤은 서대륙의 인간이나 동대륙의 몬스터 상인들이 막대한 자금력을 바탕으로 트레네 숲의 땅을 사들이거나 영구 소유하는 것을 원천적으로 봉쇄한 것이었다. 이 숲은 로드의 것이고, 또한 로드의 권속들의 것이기 때문이다.

여기서 거둬들인 모든 세금은 바로 그들을 풍요롭고 행복하게 살도록 만드는 데 쓰일 것이다. 트레네 숲의 그 어떤 권속도 배를 곯지 않으며 권속으로서의 기본적인 삶의 권리를 풍요롭게 누리게 하는 것이 엘리나이젤의 목적이었으니까.

이렇게 건물을 지을 수 있도록 엘리나이젤의 방침이 변경되자 인간 상인들과 몬스터 상인들은 기다렸다는 듯 각 종족의 인부들과 자재들을 대량으로 가져와 건물을 짓기 시작했다.

비록 그 건물을 그들이 소유할 수는 없지만, 그만큼 혜택이 주어지기 때문이고, 보다 좋은 위치를 선점해 건물을 지을 수 있게 되면 그로부터 앞으로 막대한 이익을 얻을 수 있음을 알기 때문이기도 했다.

다만 엘리나이젤이 특별히 미관을 중요시했기에, 그들은 건축에 뛰어난 장인들을 데려와 건물을 지어야 했다.

그렇게 처음 상단의 지부 건물들이 생겨났을 때 놀랍게도 인간과 오크, 코볼트, 리자드맨 중 건축 기술이 가장 뛰어난 것은 코볼트였다. 코볼트 장인들은 벽의 작은 벽돌 하나에도 장인의 숨결을 불어 넣듯 멋진 무늬를 넣었고, 건물의 웅장함과 수려함도 인간들의 건물에 비할 수 없이 뛰어났다.

이때부터 각 종족의 자존심 대결이 시작되었다.

인간들의 경우 자신들의 건축물이 몬스터인 코볼트들에

게 뒤진다는 것은 있을 수 없는 일이었다. 그러다 보니 초대형 상단들과 제국의 마탑들은 지부 건물을 지을 때 자신들의 왕국이나 제국에서 이름 있는 장인들을 초빙해 건축에 투입시켰다.

그러한 자존심의 대결이 벌어지자 엘리나이젤은 어이가 없었지만 굳이 그것을 막을 이유가 없었다. 어떻게 보면 그러한 자존심 덕에 건전한 경쟁심이 발동해 전체적인 건물들의 수준이 대폭 상향되고 있기 때문이었다.

사실 상단이나 마탑들의 자존심도 문제였지만, 초빙된 장인들 역시 자신들의 작품이 몬스터 장인들에 뒤질 수 없다는 자존심이 발동했다. 그들은 그야말로 혼신의 힘을 쏟아부어 건물을 짓기 시작했다.

그렇게 트레네 숲 남부의 교역소 인근에는 이로이다 대륙에서 가장 화려하고 멋들어진 건물들이 하나둘 생겨나고 있었다.

건축 현장들을 돌아보며 엘리나이젤은 흐뭇한 미소를 지었지만, 여전히 그의 마음 한구석을 어둡게 만들고 있는 부분은 있었다.

'노예로 잡혀 있는 엘프들은 언제쯤 모두 돌아올 수 있을 것인가? 지금도 오크들의 밑에서 온갖 수치와 능욕을 당하고 있을 터인데…….'

트레네 숲은 이제 오크 제국에 노예로 잡혀 있는 엘프들과 모든 초대형 몬스터들이 돌아와도 충분히 수용할 만큼 충분한 보급을 갖추었다.

엘리나이젤은 속히 오크 황제가 모든 노예들을 방면해 주길 기다리고 있었다. 그러나 크돌로르 황제는 그럴 생각이 없는 듯했다.

본래라면 로드 무혼의 경고를 무시한 크돌로르 황제에게 무서운 징계가 임했을 것이다. 무혼에게 오크 황궁이 박살나고도 남음 직한 시간인 것이다. 그런데 무혼으로부터는 반년이 넘는 시간이 지나도록 아무런 연락이 없었다.

'아무래도 로드께서 다른 일로 바쁘신 모양이군.'

하지만 엘리나이젤은 조만간 오크 제국에 폭풍이 몰아칠 것이라 확신했다. 그날이 조속히 와서 오크들의 노예로 살고 있는 엘프들이 트레네 숲으로 돌아왔으면 하는 심정이었다. 물론 초대형 몬스터들 역시 마찬가지다.

그래도 그동안 간혹 오크 제국 곳곳에 은밀히 숨어 있던 엘프들이 트레네 숲의 소문을 듣고 하나둘 찾아오고 있었다. 또한 초대형 몬스터들 중에서도 힘겹게 탈출을 감행해 트레네 숲에 들어온 이들도 있었다.

엘리나이젤은 그들을 환영해 주었고 모두 트레네 숲의 식구로 받아들였다. 그러나 오래도록 노예로 살아왔던 그들이 트레네 숲의 삶에 적응하기란 쉬운 일은 아니었다.

엘프들은 엘리나이젤로 인해 다크 엘프로 각성을 한 즉시 숲의 삶에 잘 적응해 나갔지만, 초대형 몬스터들의 경우 본래 그들이 가진 흉포했던 기질을 발휘해 엘프들이나 다른 몬스터들 혹은 인간들을 괴롭힐 가능성이 있었다.

따라서 그들이 숲의 질서에 위배되지 않도록 살기 위해서는 일정한 적응 기간이 필요했다. 신입 엘프들은 엘프들에게 자연스레 교육을 받으며 금세 적응했지만, 그와 달리 초대형 몬스터들은 따로 격리되어 트레네 숲 동부에 위치한 특정 구역 내에서 일정 기간 교육을 받아야 했다.

교관은 오우거 제리드와 미노타우루스 로드릭 등 각 몬스터들 중 최강의 실력을 지닌 이들이었다.

본래도 강했던 그들은 무혼으로부터 전수받은 무공을 연마하여 이전보다 더욱 강해진 터라 새롭게 들어온 몬스터들을 충분히 제압하고 그들이 트레네 숲의 질서대로 살 수 있도록 철저히 교육시킬 능력이 있었다.

"오우워어어어! 나는 제리드다. 알 만한 녀석이라면 내 이름은 들어 봤겠지? 크크크. 뭐, 몰라도 상관없다. 이제부터 내가 누군지 잘 알게 될 거니까."

트레네 숲 동쪽 절벽 지대에 위치한 공터에 20여 마리의 신입 초대형 몬스터들이 도열해 있었고, 민머리의 오우거 제리드가 커다란 바위 위에서 우렁차게 포효를 날린 후 일장연설을 하기 시작했다.

"나는 너희들이 동대륙에서 그동안 어떻게 살았는지 상관하지 않는다. 오크들의 노예로 살았든, 어디 산 구석에 숨어 살며 오크나 엘프들을 잡아먹고 살았든, 그런 것들은 이제 모두 과거의 일일 뿐이다. 이제 이 숲에 들어온 이상 너희들은 로드 무혼 님의 권속답게 숲의 일원으로서의 기본을 갖추지 않으면 안 된다."

그러자 신입 초대형 몬스터들 중 하나인 오우거 드리칸이 키득거리며 비아냥거렸다.

"키킥! 귀찮게시리 뭔 잡설이 그리 많은 거냐? 얼른 우리에게 풍성한 고기와 편안한 잠자리를 제공해라. 나는 네 놈 따위의 잔소리를 듣기 위해 이 먼 곳까지 온 것이 아니란 말이야."

잿빛 머리털의 오우거 드리칸은 보통의 민머리 오우거들보다 훨씬 강한 힘을 가지고 있었다. 물론 그도 오우거 제리드의 소문을 듣긴 했다. 그 역시 잿빛 머리털을 가지고 있다는 것을.

그 소문을 들었을 때까지만 해도 드리칸은 제리드가 자신과 비슷한 힘을 가지고 있을 것이라 추측했다. 그런데 막상 직접 만나 보니 제리드의 머리에는 머리털이 보이지 않았던 것이다. 아무리 생각해 봐도 소문이 잘못된 것이 분명했다.

'크큿, 고작 민머리의 오우거 녀석 따위가 나를 가르치려 들어? 건방진 녀석 같으니!'

드리칸은 제리드 따위는 한주먹에 넘어뜨릴 수 있으리라 확신했다. 그래서 짐짓 그를 도발한 것이었다. 앞으로 이 숲에서 편하게 살려면 적당히 힘을 보여 주어야 할 것 같아서였다.

물론 트레네 숲의 로드나 엘프의 수호 정령 엘리나이젤과 같은 절대자들에게는 감히 덤빌 생각도 없지만, 고작 민머리의 오우거인 제리드 따위에게 굽히고 들어간다는 것은 그의 성미에 맞지 않았다.

그러나 그것은 실로 드리칸의 착각에 불과했다. 제리드가 본래부터 민머리의 오우거는 아니었다. 이전 오크 군단장 라그너즈에게 머리가죽이 벗겨지며 털이 몽땅 날아가 버린 것일 뿐, 본래 그의 머리에는 드리칸보다 더욱 무성한 잿빛 머리털이 자리하고 있었다.

그리고 제리드는 그때의 수모를 잊지 않고 절치부심 수련에 몰두해 이전보다 몇 배 강해진 터였다. 그런 제리드를 만만하게 보고 도발을 했으니 그 결과는 뻔한 일이었다.

"큭큭큭!"

제리드의 눈빛이 차갑게 번뜩였고, 그의 입가에 의미심장한 미소가 맺혔다. 그는 이미 이러한 일이 있을 줄 짐작하고 있었기에 별다르게 화를 내거나 하지 않았다. 지금까지 이런 경우가 한두 번이 아니었기 때문이다.

"드리칸이라고 했냐? 내가 매번 신입들을 교육할 때마다 느끼는 거지만 신기하게도 너 같은 녀석 하나는 꼭 끼어 있다는 말이야. 어쨌든 이제부터 이곳이 어떤 곳인지 느끼게 해 주지."

"키킥! 잡소리 말고 내 말이 고까우면 어디 덤벼 보든가. 오워어어어어어어!"

드리칸은 자신의 가슴을 양손으로 두들기며 큰 포효를 날렸다. 그의 옆에 있던 다른 초대형 몬스터들이 움찔 놀라 자리를 비켜 주었다.

그들의 표정에는 잿빛 머리털의 오우거 드리칸에 대한 두려움과 동시에 과연 그가 그들의 교관인 오우거 제리드를 쓰러뜨릴 수 있을지에 대한 호기심이 깃들어 있었다.

제리드가 바위 위에서 훌쩍 뛰어내려 드리칸을 향해 터벅터벅 걸어왔다. 그는 드리칸의 앞에 거리를 두고 멈춰서고는 여유로운 미소를 흘렸다.

"어디 덤벼 봐라. 너의 막싸움이 얼마나 보잘것없는 것인지 알게 해 줄 테니까."

그러자 드리칸의 입가에 냉소가 어렸다.

"키킥! 감히 건방진 민머리 오우거 놈 주제에!"

드리칸은 그 말과 함께 앞으로 대뜸 달려가 주먹을 휘둘렀다.

파아앗!

바람처럼 빠른 속도로 날아간 그의 오른 주먹은 정확히 오우거 제리드의 머리통을 향해 적중했다.

아니, 적중했다고 생각한 것은 드리칸의 착각일 뿐이었다. 주먹이 날아오는 순간 제리드는 슬쩍 고개를 흔들어 그것을 가볍게 피해 버렸다.

쫘악!

곧바로 제리드의 두 팔이 드리칸의 오른팔을 기이하게 비틀었다. 그 순간 드리칸의 거대한 몸체가 붕 허공으로 솟구치더니 머리부터 바닥으로 내리 떨어졌다.

"쿠워어?"

드리칸은 기겁했으나 그의 잿빛 머리털의 머리는 바닥에 있는 작은 바위와 정통으로 충돌하고 말았다.

쿠아아앙! 콰지직!

"꾸어어어억!"

바위가 박살 나며 파편이 옆으로 흩어졌다. 드리칸의 머리는 피범벅이 되었다.

"쿠어어! 아이고, 나 죽는다!"

드리칸은 머리에서 피를 철철 흘리며 비명을 질러댔다.
누가 봐도 처참한 광경이었지만 제리드는 코웃음을 치며
불쑥 내뱉었다.

"엄살떨지 말고 일어나라. 멀쩡한 거 다 알고 있어."

"끄응!"

그러자 드리칸은 꿈틀거리고 일어나 망연자실한 표정을
지었다. 사실 그는 그저 머리가죽이 살짝 찢어진 것일 뿐
멀쩡했다. 이 정도 상처쯤은 잿빛 머리털의 오우거 드리칸
에게 부상이라 할 것도 없었으니까.

그러나 드리칸은 더 이상 제리드를 얕볼 수 없었다. 얕
보기는커녕 제리드가 자신이 대적할 수 없는 강자임을 알
아봤다. 한 번 몸으로 겪어 보니 실력의 차이를 확연히 알
게 된 것이었다.

"크어어! 크헤헤헤! 역시 앞에 나와 큰소리칠 만한 이유
가 있었군요."

드리칸은 제리드를 향해 꾸벅 고개를 숙였다. 금세 정중
한 태도로 돌변한 그를 보며 제리드는 씩 웃었다.

"크크크! 단번에 정신을 차리다니 그래도 아주 멍청한
녀석은 아니었구나. 참고로 말하는데 이 숲에 나보다 강한

자들은 무수히 많다. 그러니 하찮은 실력으로 날뛰지 말고 조용히 수련에나 열중하는 게 좋을 거야."

"강해지기 위한 수련이라니, 그게 뭔데요?"

수련이라는 말이 드리칸은 잘 이해가 되지 않는 듯했다. 그동안 드리칸은 특별히 수련이라는 것을 해 본 적이 없었다. 잿빛 머리털 오우거의 타고난 힘과 스피드로 적들과 승부를 벌였을 뿐이었으니까.

제리드는 그러한 드리칸의 심정을 잘 안다는 듯 피식 웃으며 말했다.

"크크! 나 역시 처음에는 너처럼 생각했지. 그러나 수련을 하다 보면 생각이 달라질 것이다. 조만간 너는 특별한 수련법을 배운 후 언데드들과 싸우며 실전 감각을 익혀 나가게 될 테니 각오 단단히 하는 게 좋을 거야."

"쿠워어! 언데드들이요?"

드리칸은 놀란 표정을 지었다. 그는 오우거지만 여기저기서 주워들은 것들이 많아 언데드가 무엇인지 알고 있었다. 제리드는 비릿한 미소를 지으며 말했다.

"언데드들은 제법 사나운 놈들이니까 놈들에게 당하지 않으려면 죽어라 수련하는 수밖에 없어. 아무튼 이번에는 처음이니 봐준다만 또다시 아까처럼 내 말을 끊었다간 용서하지 않겠다. 알았냐?"

"예, 형님."

드리칸은 제리드를 형님이라 불렀다. 제리드는 피식 웃고는 바위 위로 올라갔다.

"오워어어어! 자, 다시 모여라. 교육을 시작하겠다!"

신입 초대형 몬스터들은 모두 바싹 긴장한 표정으로 달려와 도열해 섰다.

제리드는 그들을 노려보며 외쳤다.

"모두에게 미리 말해 두마. 트레네 숲의 룰에 따르고 싶지 않다면 당장 떠나는 게 좋을 거야. 여기선 힘 좀 세다고 거들먹거리다간 정말로 무서운 게 뭔지 보여 줄 자들이 수두룩하게 많단 말이다. 알아들었냐?"

"쿠어어! 예! 잘 알겠습니다."

"크워! 알아들었습니다."

신입 초대형 몬스터들은 즉시 고개를 끄덕이며 대답했다. 제리드가 다시 외쳤다.

"하지만 너희들이 트레네 숲의 일원으로 룰에 복종한다면 그때부터는 지금까지와는 다른 세상이 펼쳐진다. 너희들은 더 이상 이전처럼 먹을 것을 걱정하며 하루하루 근근이 살아가지 않아도 된다."

"쿠워어! 그럼 사냥을 하지 않아도 먹을 것을 준다는 건가요?"

드리칸이 한 손을 들고 조심스레 물었다. 제리드는 끄덕였다.

"크크! 물론이지. 이곳은 매우 풍요롭다. 너희들이 한 번도 먹어 보지 못한 갖가지 종류의 맛있는 음식, 편안한 잠자리는 기본으로 제공된다. 너희들은 수련을 통해 매일 강해지는 자신의 모습을 재발견하며 뿌듯한 미소를 짓게 될 것이다. 다시 말하지만 여긴 정말 좋은 곳이다."

"오우워어! 그렇군요, 크헤헤!"

"쿠워어! 열심히 할 테니 남아 있게 해 주십시오."

곧바로 제리드는 그들에게 트레네 숲에서 살아가는 방식에 대해 자세히 설명했다. 그의 말을 경청하는 신입 초대형 몬스터들의 표정에는 새로운 삶에 대한 설렘과 기대감이 잔뜩 어려 있었다.

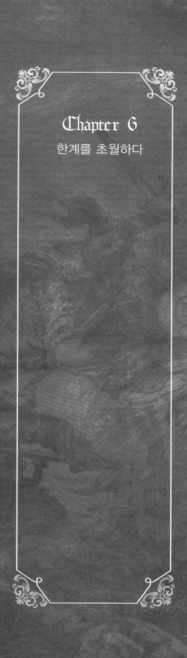

Chapter 6

한계를 초월하다

　휘이이이잉―

　쒸이이이이―

　작렬하는 열기에 이어 엄습하는 가공할 한풍. 그러다 다시 천지사방이 뜨거운 용암이라도 들끓는 듯 가공할 열기에 휩싸였다.

　인간의 육체로는 도무지 생존이 불가능해 보이는 이 험한 죽음의 땅에 묵묵히 앉아 있는 청년이 있었으니, 그는 다름 아닌 무혼이었다.

　한계의 초월.

무혼은 이 기괴한 이상 기후 속에서 극한의 내공 수련을 통해 단전에 있는 내단의 기운을 대부분 흡수했다. 그러한 과정 중에 그의 단전은 수차례의 환골탈태를 거치며 가히 무한대로 확장되어 버렸다. 무혼 스스로도 현재 내공의 경지가 어느 정도인지 추측이 불가능할 정도였다.

그러고도 대체 얼마나 시간이 흘렀는지 모른다.

언젠가부터 음식을 섭취하는 것조차 잊어버리고 수련에 몰두했던 터였기에, 무혼은 시간의 흐름 자체를 인지하기 힘들었다.

그것은 무혼이 단순히 내공 수련만을 한 것이 아니라 기존보다 한 단계 높은 무공의 경지를 위한 명상에 빠져 있었기 때문이었다.

그러한 명상 속에서 무혼은 무수한 무공들을 펼쳐 보았다. 처음에는 기존에 알고 있던 무공들의 초식들이었지만, 점차 그러한 무공들을 바탕으로 새롭게 창안한 새로운 무공초식들이 주를 이루었다.

아침에 만들어진 초식은 저녁이 되면 그보다 더 나은 초식이 생겨나며 자연스레 잊혀졌다. 이튿날 아침이 되면 또 다른 초식이 생겨났고, 이것은 계속 반복되었다.

사실 이와 같은 명상은 이곳에 오기 전에도 무혼이 무의식적으로 계속해 왔던 것인데, 그의 육체가 내공의 급증을

통해 인간의 한계를 초월해 버리자 그의 무의식 속에서 수
행되던 깨달음의 영역 또한 기존의 한계를 초월한 신영역
(新領域)으로 들어선 것이었다.

그 신영역을 무혼은 심검(心劍)의 경지로 추측했다.

기존 무공 초식들이 가진 제약에서 벗어나 심검의 경지
에 이르자 무혼은 자연스레 더 나은 초식들을 깨닫게 되었
다. 그중의 하나가 바로 이기어검으로 펼치는 새로운 초식
들이었다.

물론 그것들을 굳이 초식이라 할 필요는 없으리라. 그것
들은 어떤 특별한 형식에 얽매여 있지 않는 무한의 영역에
존재했으니까.

인간의 육체 즉, 두 팔과 다리를 활용해 펼치던 검로가
아니라, 검 자체가 육체를 이탈해 허공에서 자유롭게 누비
는 상황.

따라서 그로부터 비롯되는 검로는 육체에 얽매어 있는
두 팔로 검을 휘둘러 생성되는 검의 경로와는 판이할 수밖
에 없는 것이다. 상공을 누비는 검영(劍影)들이 이루는 직
선들과 곡선들의 경로는 공간의 제약이 사라졌기에 기존
의 형을 완전히 벗어나 있었다.

마치 물이나 공기처럼 사방에 충만하지만 일정한 틀은
없는 것과 비슷하다 할까?

그저 상대에 따라 적절한 대응을 할 뿐이었다. 그러한 가운데 간혹 기존에 알고 있던 초식과 유사한 검로가 생성될 수도 있지만, 그렇다고 해서 그것이 어떤 정해진 검로를 따르는 초식으로 굳어질 필요는 없는 것이었다.

파앗!

무혼의 손에서 빠져나간 롱소드가 사막의 폭풍을 거침없이 뚫고 누볐다.

휘리리릭! 파파파파팟—

강기에 휩싸인 롱소드는 마치 살아 있는 듯 허공에서 춤을 추었다.

파앗!

무혼의 손에서 또 하나의 롱소드가 날아갔다. 두 개의 롱소드가 허공에서 각각 다른 검로를 형성하며 움직였고, 그것들은 이내 격돌했다.

쾅! 콰쾅!

검의 격돌이 아니라 강기의 격돌이었다. 그것도 보통의 강기가 아니라 강기의 극치인 극강기(極罡氣)! 그런 만큼 우렛소리가 퍼져 나오는 것은 당연했다.

콰콰쾅! 콰콰콰쾅—!

하나는 진원심법이 형성한 흑색의 극강기였고 또 다른 하나는 전마심법이 형성한 백색의 극강기였다. 마치 흑색과 백색의 옷을 입은 두 명의 절세고수가 허공을 누비며 대결을 하는 듯, 두 개의 상이한 강기에 휩싸인 롱소드들은 각각 경천동지의 초식들을 토해 냈다.

무혼은 담담한 눈빛으로 그것들을 쳐다보다 어느 순간 양손을 슥 들었다. 그 순간 상공에서 격돌하던 롱소드들이 나비처럼 사뿐하게 날아와 무혼의 양손에 각각 쥐어졌다.

'이제 어느 정도 수련은 된 것 같군. 어서 화산성으로 가자. 너무 시간이 지체된 것 같으니 서두르는 게 좋겠어.'

무혼은 두 자루의 롱소드를 아공간에 집어넣으며 자리에서 일어났다. 툭툭 모래먼지를 털며 일어난 그는 지체 없이 남쪽으로 향했다.

슥.

한 걸음을 걸었다 싶은 순간 눈 깜짝할 사이에 수십여 장 바깥으로 쏘아져 나갔다. 다시 한 걸음 걷자 또다시 수십여 장 가까이 이동해 있었다.

고작 두 걸음을 걸었을 뿐인데 어찌 무려 일백여 장을 이동한다는 말인가? 마치 전설상의 축지법을 연상케 하는 이 경공술의 이름은 대체 무엇인가?

사실 이것은 무혼이 기존에 극성까지 성취했던 전마부 운신법의 경공술로는 꿈도 꿀 수 없는 영역에 자리하는 경지였다.

마치 기존 검법의 형식을 초월한 이기어검술처럼 경공술 역시 기존 신법의 한계를 초월해 있는 것이었다.

슥! 슥! 스스스윽!

무혼의 몸은 지면 위를 물처럼 흐르고 있었다. 특별히 의식하지 않아도 장애물이 있으면 비껴가고 바닥이 움푹 꺼져 있으면 그대로 건너뛰었다. 때로는 허공을 한동안 답보하듯 그대로 거닐기도 하고, 거대한 산과 같은 장벽이 가로막으면 상공으로 가볍게 솟구쳐 그것을 넘어갔다.

스슥! 스스스—

무혼은 눈으로 보지 않아도 장애물을 피하거나 건너뛰어 이동하는 경지에 이르렀기에 굳이 두 눈을 부릅뜨고 전면을 볼 필요가 없었다.

이런 상황에 두 눈을 번쩍 뜨고 구태여 앞을 멍하니 바라보고 있는 것은 실로 무료하기 짝이 없는 일이리라. 경치라도 좋다면 구경하는 재미라도 있겠지만 이곳은 사막이 아닌가?

'사막이라 볼 게 없으니 심심하군. 잘됐어. 이참에 그거라도 꺼내 보자.'

무혼은 아공간에서 책 한 권을 꺼냈다. 야한 정령이 어쩌고 하는 제목의 그 책은 북쪽 정령의 도시 암흑가를 장악하고 있는 정령 네리나가 선물이라며 건네준 것이었다.

팔락!

무혼은 그 책을 펼쳐 읽었다. 위쪽에는 글이, 아래쪽에는 해당 내용에 해당하는 그림이 움직이고 있었다. 역시나 흥미진진했다. 물론 내용은 무척 야했지만 지금처럼 심심한 상황에 시간 때우기로는 최적이 아닐까?

무혼은 간혹 주변을 힐끔거리며 지도와 지형을 비교해 자신이 제대로 화산성을 향해 가고 있는지만 확인하면 되었다. 그의 두 눈은 연신 야서(夜書)의 글자들과 실감 나는 그림들에 심취해 있었다.

'흠, 이건 다 봤고, 또 다른 걸 볼까?'

한 권의 책을 다 봤다고 너무 아쉬워할 필요는 없었다. 아직 두 권이 더 남았으니 말이다. 그러나 그것도 잠깐일 뿐, 잠시 후 그마저 모두 보고 나니 심히 아쉽지 않을 수 없었다.

'이럴 줄 알았으면 몇십 권쯤 사둘걸 그랬나.'

화산성이 이토록 먼 곳인 줄 알았다면 그렇게 했을지도 모른다. 무혼은 아공간에 집어넣었던 야한 정령이 어쩌고 하는 책을 꺼내 다시 펼쳐 들었다. 별달리 할 것도 없으니 재독을 하기 위함이었다.

물론 무혼의 아공간에 재독할 만한 책들은 상당히 많다.

네르옹의 요리서들을 꼼꼼하게 읽어 보며 요리를 연구해 볼 수도 있고, 예전에 켈베로스의 동굴에서 챙겨 둔 마법서들을 읽어 보며 마법 연구를 해 볼 수도 있는 것이다.

그러나 그 많은 책들 중에 유독 다시 야한 정령이 어쩌고 하는 야서에 굳이 손이 가는 이유는 무엇일까? 재미있기 때문이리라. 무혼은 그냥 손 가는 대로 내버려 두었다.

'흠, 역시 재밌군.'

무혼은 책을 한 장 한 장 천천히 음미하듯 읽었다. 내용은 모두 알고 있지만 재독은 그럭저럭 할 만했다. 움직이는 그림이 있으니 다시 봐도 뭔가 새로웠다.

그렇게 무혼이 세 권의 야서를 서너 차례 정독해 달달 외울 때쯤, 드디어 황량한 사막지대 아래쪽에 거대한 산이 보이기 시작했다.

하늘을 뚫을 듯 치솟아 있는 거대한 산. 그것이 바로 정령의 숲 남부에 위치한 화산이었다. 지도로 살펴보니 틀림없었다.

'오! 드디어!'

무혼은 야서들을 아공간에 집어넣고 잠시 멈춰 서서 산을 쳐다봤다. 산의 웅장함을 감상하려는 게 아니라 사만다가 있다는 화산성을 찾기 위함이었다.

'저기 있군.'

성의 규모가 워낙 엄청나게 거대하다 보니 찾기 어렵지 않았다. 성의 삼면은 절벽으로 이루어져 있었고, 절벽 밑은 바닥이 가늠되지 않을 만큼 짙은 어둠에 휩싸여 있었다.

그렇다고 나머지 한 면이 결코 순탄한 지형은 아니었다. 양쪽이 까마득한 절벽으로 이루어진 능선 비슷한 길을 끝없이 따라가야만 화산성의 성문 앞에 도달할 수 있는 것이었다.

'대체 이토록 험난한 곳에 어떻게 성을 지었는지 신기하구나.'

무혼은 화산성을 향해 다가가며 놀라움을 금치 못했다. 물론 인간이 아닌 정령들이니 그들만의 특별한 방법이 존재하겠지만, 그렇다 해도 참으로 대단하다고 하지 않을 수 없었다.

어쨌든 이제 화산성을 찾았으니 무혼은 들어가 불의 정령 사만다를 만날 수 있으리라 기대했다. 오직 그녀만이 불의 정화가 있는 위치를 알고 있다 했으니 그녀는 반드시 만나야 했다.

'사만다가 한때 필리우스 님의 애인이었다고 했으니 그분의 후인인 나를 박대하지는 않겠지.'

그래도 너무 기대는 하지 않는 것이 좋을 것이다. 정령들의 사고방식은 인간과 전혀 다르니 말이다.

그렇게 무혼이 성문 앞에 도착하자 성문 앞에 두 명의 사내가 나타났다. 두 사내는 언뜻 봐도 상급 정령 정도의 강력한 기세를 뿜어내고 있었는데, 민망하게도 옷을 하나도 입지 않은 나체 상태로 서 있는 것이었다.

'아무리 정령들이라지만 저게 대체 무슨 꼴인가?'

무혼은 어이없어하는 표정으로 그들을 쳐다봤다. 그때 사내들이 무혼을 노려보며 말을 건넸다.

"화산성에는 무슨 일로 왔는가? 이방 정령이여!"

"불의 정령 사만다를 만나러 왔소."

무혼은 짐짓 상급 정령 정도의 기세를 내뿜으며 말했다. 그러자 사내 중 하나가 어깨를 으쓱하더니 말했다.

"보통 이곳에 오는 이방 정령들은 누구나 그렇게 말하지. 그러나 실제로 들어가 그분을 뵙는 정령은 거의 없다네."

"왜 그렇소?"

"그분은 전쟁이라도 벌어지지 않는 한 거의 모습을 드러내지 않으시기 때문이지. 뭐, 혹시라도 운이 아주 좋다면 그분을 뵐 수 있을지 모르지만 큰 기대는 않는 게 좋을 것이네."

사내들의 말을 들어 보니 사만다는 두문불출하며 어딘

가에 처박혀 있기라도 하는 모양이었다.

"그럼 나를 안으로 들어가게 해 주겠소?"

그러자 사내들이 의미심장한 미소를 지으며 말했다.

"이곳에 들어갈 수 있는 방법은 세 가지가 있지. 첫째는 그대가 우리와 대결을 벌여 상급 정령의 능력을 지녔음을 제대로 인정받는 것, 둘째는 그냥 편하게 정령석 2개를 입성세로 지불하는 것, 셋째는 성에 있는 정령들의 초청을 받는 것. 자, 이 중 하나를 선택해 보게."

"정령석 여기 있소."

성안에 아는 정령이 있을 리 없고 또한 굳이 문지기 정령들을 상대로 실력 행사를 할 필요가 없으리란 생각에 무혼은 아공간에서 정령석 2개를 꺼내 내밀었다. 그러자 사내들이 반색하더니 흡족한 미소를 지었다.

"흐흐! 탁월한 선택이로군. 축하하네. 자네는 화산성에 들어갈 충분한 자격이 있어."

"그럼 들어가도 되는 것이오?"

"물론이야. 다만 화산성은 북부 도시와는 전혀 다른 곳임을 잊지 말아야 돼. 그 안에서는 반드시 지켜야 할 룰이 있다는 것이지."

"그 룰이 무엇이오?"

"우릴 보면 느낌이 오지 않은가? 성에 들어가는 순간부터 절대 옷을 입어서는 안 되네. 그 룰을 지키지 않는다면 자넨 곧바로 추방되게 될 거야."

"그게 대체 무슨 말도 안 되는 룰이오?"

무혼이 황당한 표정을 짓자 사내들은 싸늘히 웃으며 대답했다.

"모든 걸 내보일 수 있는 정령이 아니면 믿을 수 없기 때문이지. 자네가 북부 도시의 첩자일지도 모르지 않나? 내키지 않으면 돌아가게."

대체 첩자의 여부와 옷을 벗는 것이 무슨 관계가 있다는 말인가? 무혼은 잠시 고심했지만 이내 고개를 끄덕였다.

"옷 벗는 게 뭐 그리 어려운 일이겠소?"

그다지 내키지 않은 일이었지만, 고바 제국에 가면 고바 제국의 룰을 따라야 한다는 말이 있듯, 무혼은 화산성에 들어가기 위해 이곳의 룰에 따르기로 했다.

그리고 사실 모두가 내놓고 다닌다고 하니 무혼이라 해서 특별히 창피할 건 없지 않겠는가.

무혼은 즉시 옷을 벗어 아공간에 넣었다. 무혼이 나체 상태로 변하자 사내들은 곧바로 성문을 열어 주었다.

"흐흐, 시원해 보이는군. 그럼 행운을 빌겠네."

무혼이 들어서자 성문은 즉시 닫혔다. 무혼은 성안에 펼쳐진 광경이 바깥과는 비할 수 없이 다른 것을 보고 깜짝 놀랐다.

바깥에서는 마치 투박한 산성과 같은 외양을 가지고 있었는데, 내부로 들어오니 아름다운 자연과 함께 멋들어진 건물들이 죽 늘어서 있을 줄이야.

평범한 인간들의 세계와는 공간 개념 자체가 다른 정령들의 땅이어서 인가? 성안에 새로운 세계가 또 펼쳐져 있었다. 다시 말해 이곳은 성이 아닌 화려한 도시라 표현하는 게 나을 정도였다.

'이 도시 어느 곳에 사만다가 있는지 찾기가 쉽지 않겠군.'

그 밖에도 이곳에는 두 가지 특이한 점이 있었다. 하나는 거의 모든 정령이 상급 정령의 기세를 뿜어내고 있다는 것, 다른 하나는 정령들이 남녀를 불문하고 모두 나체로 거리를 활보하고 있다는 것이었다. 그야말로 고개를 어디로 돌려도 나체 정령들이 있으니 무혼은 도무지 눈을 둘 곳이 없었다.

그러나 그들 중 누구도 서로의 나체를 보고 이상하게 생각하지 않는 듯했다. 무혼은 왠지 얼굴이 화끈거렸지만, 모두들 매우 자연스러워 보였다.

'하긴 매일 이렇게 내놓고 지내면 부끄러워할 이유가 없겠구나.'

무혼 역시 자연스럽게 행동하려고 했다. 그러나 정령들의 눈부신 나체들이 계속 시야에 들어오자 갖가지 이상야릇한 상상이 떠올라 괴롭지 않을 수 없었다.

'으음!'

하필이면 조금 전까지 야서들을 읽다가 와서인지 상상의 강도가 더욱 농밀하기 그지없었다. 아는 만큼 보인다고 했던가, 쓸데없는 상상 또한 아는 만큼 솟아오르는 것이었다.

'후우!'

무혼은 심호흡을 했다. 이럴 때는 굳이 상상을 제어하려고 애쓸 필요가 없었다. 상상은 의지에 얽매이지 않는다. 억지로 제어하려다간 외려 역효과만 날뿐이다.

무혼은 자연스럽게 떠오르는 상상이 그냥 흘러가도록 내버려 두었다. 그러자 그것들은 마치 검법의 초식처럼 머릿속에서 온갖 형상을 그려대기 시작했다.

처음에는 어떤 특정한 형(形)과 식(式)에 얽매어 있던 그러한 그림들은 점차 정해진 틀을 벗어나기 시작했고, 어느 순간 그것을 초월한 기괴한 그림들이 그려졌다.

심검의 경지에 들어선 그의 정신과 상상력은 범인과 비할 수 없이 광대했다. 그러다 보니 마치 기존의 초식을 초월해 펼쳐지는 이기어검의 검로들처럼, 야한 상상이 달할 수 있는 궁극의 단계까지 펼쳐진 것이었다.

만일 보통의 사람이었다면 그러한 과정에서 육체의 욕념을 이기지 못하고 무너져 버렸을 것이다. 그러나 무혼의 육체를 통제하는 의지력은 범인과 비할 수 없이 강력했다.

극한과 극열을 오가는 이상 기후에서 엄습하는 육체적 고통이나 갖가지 기괴하기 그지없는 야한 상상에서 비롯되는 욕념의 고통이나, 무혼이 고통을 참아내야 한다는 점에서 볼 때 그다지 다를 바가 없었다.

다시 말해 고통을 참아내고 인내하는 데는 이력이 나 있는 그였기에 가공할 욕념의 고통을 초인적인 의지력에 맡겨둔 채, 그의 상상은 새처럼 자유롭게 공간을 누빌 수 있었다.

그리고 얼마의 시간이 흘렀을까? 일순간 야한 상상들이 형과 식을 초월한 무(無)와 극(極)의 영역에 이르게 되었고, 그때야 비로소 무혼은 모든 욕념으로부터 자유로워질 수 있었다.

무혼은 야한 상상에 있어 말 그대로 갈 데까지 가 본, 가히 초월자의 영역에 이른 것이다. 그러다 보니 눈앞에 펼쳐진 아름다운 정령들의 나체 행렬을 보고도 초연할 수 있었다.

화산성 내부 곳곳에 피어 있는 갖가지 기형화초, 너울

너울 날아다니는 크고 작은 곤충형 요정들, 하늘을 담담히 부유하는 구름들, 그것들과 눈앞에서 색기를 풍기며 거닐고 있는 매끈한 몸매의 정령들은 이제 무혼이 보기에 다를 바가 없었다.

무혼이 정령들의 매혹적인 나신들을 보며 발하는 경탄은 마치 산을 거닐다 멋들어진 경치를 보고 감탄을 하는 것과 비슷했다.

무혼의 눈빛은 차분히 가라앉아 있었고, 그의 심장은 더이상 격하게 고동치지 않았다. 마치 오랜 세월을 이곳 화산성에서 지내온 것처럼 무혼의 표정은 자연스러워져 있었다.

"이봐요?"

그때 누군가 무혼을 불렀다. 고개를 돌려 보니 붉은 머리의 여성 정령이 무혼을 빤히 쳐다보고 있었다.

허리까지 늘어뜨린 붉은 머리카락, 그 사이로 루비처럼 신비롭게 빛나는 두 눈동자, 그 아래 아찔하게 드러난 전신의 피부 또한 은은한 핑크빛을 띠고 있는 그녀는 딱 봐도 불의 정령이라는 것이 표가 났다.

"나를 불렀소?"

무혼이 묻자 그녀는 고개를 끄덕였다. 그러고는 무혼을 호기심 어린 표정으로 여기저기 훑어보는 것이었다. 무혼은 그녀가 자신의 얼굴이나 상체를 보는 것까지는 그러려니 했지만 대놓고 아래까지 째려보듯 쳐다보고 있자 살짝 인상을 찌푸렸다.

"뭘 그렇게 쳐다보는 것이오?"

"왜 보면 안 돼요?"

"안 될 거야 없지만."

사실 어차피 내놓고 다니는 상황에 누가 와서 빤히 쳐다본다고 그게 뭐 안 될 것은 없으리라. 무혼도 억울하면 똑같이 쳐다보면 될 것이다.

곧바로 무혼이 두 눈을 가늘게 뜨고 그녀의 몸을 살피듯 쳐다보자 그녀는 고개를 들어 무혼을 쳐다보더니 빙긋 웃었다.

"난 드나마스. 당신은?"

"무혼."

"무혼, 당신은 삼 일도 넘게 이 자리에 우두커니 서 있어서 모두들 이상하게 생각했어요. 대체 무슨 생각을 그렇게 한 거죠?"

"별생각은 아니었소."

무혼은 설마 그사이 사흘의 시간이 흘렀을 줄은 몰랐다. 하긴 야하기 그지없는 정령들의 나체를 보고도 무심의 경지에 들어선다는 것이 어디 그리 쉬운 일이겠는가? 불과

사흘 만에 그러한 성취를 달성한 것은 실로 대단한 일이었
다.

"그보다 혹시 나를 도와줄 수 있소, 드나마스?"

"무슨 도움인데요?"

"나는 이곳 성의 주인인 사만다를 만나러 왔소. 어딜 가
야 그녀를 만날 수 있는지 알려 주면 고맙겠소."

"그녀를 왜 만나려 하는 건지 물어도 될까요?"

"불의 정화를 얻기 위해서요."

그러자 드나마스의 붉은 홍채가 살짝 반짝였다. 그녀는
무혼을 슥 쳐다보더니 기이하게 웃었다.

"후후, 당신은 아주 운이 좋군요. 나는 그녀가 어디에
있는지 알고 있는 몇 안 되는 정령 중 하나죠."

그녀의 말에 무혼은 반색했다. 크게 기대하지 않고 물어
본 것이었는데, 설마 드나마스가 사만다의 위치를 알고 있
을 줄은 몰랐다.

"그럼 내게 어디에 가야 사만다를 만날 수 있는지 알려
줄 수 있겠소?"

"물론 알려 줄 수는 있죠. 하지만 그냥은 안 돼요."

"대가가 필요하다는 말이오?"

"물론. 화산성에 공짜는 없으니까."

"이 정도면 어떻소?"

무혼은 정령석 2개를 건네며 물었다. 그러자 드나마스는 픽 웃으며 그것을 받아 들었다.

"주는 거니 받긴 하겠지만 이걸로는 어림도 없어요."

"정령석이 더 필요하시오?"

"아니오. 정령석은 됐고, 내 조건은 이거예요. 앞으로 삼십 일 동안 나와 놀아 주는 것."

"놀아 달라? 그게 조건이요?"

"그래요."

드나마스는 당연하다는 듯 고개를 끄덕였다. 무혼은 살짝 인상을 찌푸린 채 그녀를 쳐다봤다. 선뜻 대답하기에는 놀아 달라는 것이 과연 어떤 의미인지 알 수 없었기 때문이다.

'뭘 어떻게 놀아 달라는 건지 모르겠군. 그러니까 설마 그 짓을 한 달 동안이나 하자는 건가?'

놀아 달라는 표현은 야서에도 심심치 않게 등장한다. 그리고 그곳에서의 논다는 표현은 순수한 의미의 놀이와는 상당히 거리가 있는 편이었다. 뭐, 그것도 넓은 의미에서의 놀이 범주에는 포함시킬 수야 있겠지만.

그런데 보통은 누군가 놀아 달라고 부탁했을 때 지금 무혼처럼 그것을 야릇한 의미로 해석하기란 쉽지 않다. 그러나 지금과 같이 서로가 다 벗고 있는 독특한 상황에서는 그런 의미로 해석될 수밖에 없는 것이 어찌 보면 당연한 일이었다.

'절대 그럴 수는 없지.'

무혼의 두 눈에 힘이 들어갔다. 그는 아무리 사만다의 위치를 알고자 한다 해도 처음 보는 정령과 그런 야릇한 놀이까지 해 주며 대가를 지불하고 싶은 생각은 없었다.

"나와 놀기 싫은가요? 왜 표정이 그래요?"

무혼의 표정이 굳어 있자 드나마스가 기분 나쁘다는 듯 새침한 표정을 지었다. 무혼은 차갑게 물었다.

"뭘 어떻게 놀아 줘야 하는지 말해 보시오. 노파심으로 말하지만 남녀 사이의 그렇고 그런 놀이라면 사양하겠소. 그럴 바엔 차라리 딴 데 가서 사만다의 위치를 알아보려오."

그러자 드나마스가 어이없다는 듯 어깨를 으쓱하더니 무혼을 노려봤다.

"말해 봐요. 남녀 사이의 그렇고 그런 어떤 놀이요?"

"뭘 묻는 거요? 다 알고 있지 않소?"

"흥! 당신이 상상하는 것이 어떤 건지 모르지만 아마 아닐 가능성이 높을걸요."

드나마스가 기막힌다는 표정을 짓는 것을 보고 무혼은 고개를 갸웃했다. 그러니까 아무래도 아닌가 보다. 무혼은 공연히 자신이 과도하게 넘겨짚은 듯해 무안한 기분이 들었다.

"하하. 뭐, 그렇다면 다행이오. 그럼 얼마든지 놀아 줄테니 내게 사만다의 위치만 알려 주시오."

"좋아요. 그럼 나를 따라와요."

"지금 사만다에게 가는 것이오?"

"아니오. 놀러 가는 거예요. 삼십 일 동안 잘 놀아 주면 그때 그녀의 위치를 알려 줄 테니 염려 말아요."

"알았소."

무혼은 드나마스의 뒤를 따라갔다.

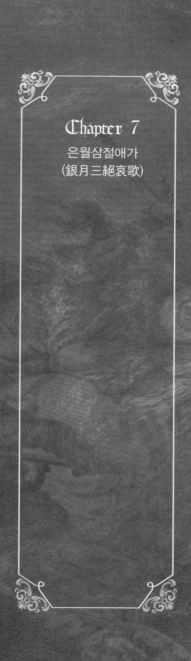

Chapter 7

은월삼절애가
(銀月三絶哀歌)

드나마스를 따라 잠시 걷자 하늘에 구름이 가득 차더니 하얀 눈송이들이 떨어지기 시작했다.

방금 전 후덥지근한 날씨였는데 난데없이 또 웬 눈인 것일까? 그러나 무혼은 이곳의 이상 기후 현상에는 이미 익숙한 터라 그냥 그러려니 하고 있었다.

나무 위에 눈꽃이 피어나고 고깔모자를 쓴 손가락만 한 작은 요정들이 눈꽃 위에서 깔깔거리며 웃는 모습도 그다지 신기하게 느껴지지 않았다. 이곳은 인간의 세계가 아닌 정령의 세계니까 저런 요정들이 있는 것도 당연한 일이리라.

눈은 계속 쌓였고 어느덧 화산성의 도시는 온통 하얗게 변했다. 무혼과 드나마스는 눈 위에 하얀 발자국을 내며 걸었다.

거리를 오가는 정령들의 나신 위에도 눈이 쌓이며 그들의 몸은 흡사 눈옷을 입은 듯 하얗게 변했다. 눈옷 위로 각각의 정령들이 가진 특유의 머리색이 한동안 보석처럼 화려하게 빛났지만, 그 또한 눈이 계속 쌓이자 모두가 하얗게 변해 버렸다. 그렇게 어느 순간 모든 잡다한 색이 사라지고 오직 흰색만 남았다.

"어때요? 여기 경치 죽이죠?"

드나마스가 물었다.

"꽤 쓸 만한 경치요."

무혼은 고개를 끄덕였다. 그녀의 말대로 눈 덮인 백색의 도시는 보기 좋았다. 죽인다는 표현이 맞을 정도로.

특히 눈옷을 입은 정령들은 자연스레 신체의 치부가 가려졌기에 인간인 무혼의 두 눈에는 한결 자연스러워 보였다.

그러나 그것도 한순간일 뿐, 잠시 후 눈이 그치고 하늘에 태양이 이글거리기 시작하자 다시금 정령들의 눈옷이 녹으며 본래의 나신으로 돌아왔다.

정령들 특유의 은은한 피부의 빛, 그 위로 눈이 녹아 생성된 물기로 인해 반짝거리는 모습은 무척이나 매혹적이었다. 멀리 볼 것도 없이 바로 옆에서 사뿐사뿐 걷고 있는 드나마스로부터 발산되는 농밀한 유혹은 말 그대로 뇌쇄적이라 할 정도였다.

무혼이 사흘 동안의 명상을 통해 야한 상상을 무(無) 혹은 공(空)으로 돌릴 수 있는 초월적 경지에 이르지 않았다면 지금 심히 곤혹스러운 지경에 처했을지도 모른다.

어느덧 바닥의 눈도 다 녹았다. 보통은 쌓인 눈이 녹으면 질퍽거리는데 신비하게 이곳의 땅은 물을 순식간에 흡수해 버린 후 푹신하면서도 건조한 본래의 상태로 회복되어 있었다.

그사이 드나마스와 무혼은 번화한 광장으로 들어섰다. 북부 도시와 달리 광장에는 물건을 팔거나 하는 장사치들이 전혀 보이지 않았다.

그럼에도 이 거리가 번화한 것처럼 보이는 이유는 정령들이 유독 많이 거닐고 있었고, 인근에 카페나 식당 같은 것들이 제법 눈에 띄었기 때문이다.

또한 다른 곳보다 갖가지 기화이초들이 더욱 아름답게 주변을 장식하고 있는 것이 상대적으로 이곳을 화려하게 보이도록 한 것이었다.

그나저나 조금 전까지만 해도 눈이 내렸는데, 사방엔 다시 파릇파릇한 풀들과 울긋불긋한 꽃이 환하게 자태를 드러내고 있으니 무혼은 기가 막히지 않을 수 없었다. 역시나 정령들의 세계에서 벌어지는 일이니 당연하게 생각하면 되리라.

살랑살랑!

너울너울!

그뿐인가? 손가락만 한 요정들이 작은 지팡이를 들고 부지런히 꽃 사이를 날아다니고 있는 모습도 보였다. 무혼은 잠시 서서 그것을 지켜봤다.

'특이한 녀석들이군.'

그 요정들이 지팡이를 들고 뭐라고 주문을 외우면 꽃에서 빛이 났다. 알고 보니 그 요정들이 꽃을 피우는 무슨 신통한 마법을 부리는 듯했다.

'꽃의 요정들인가?'

무혼이 물끄러미 그들을 쳐다보다 씩 미소를 짓자 요정 중 하나가 까르르 웃는 것이었다. 그 요정은 곧바로 자그만 와인 잔에 핑크빛의 액체를 가득 담아 무혼에게 내밀었다.

가까이 다가온 그 요정은 은발을 가진 예쁜 소녀의 형상이었는데 머리에는 수정처럼 반짝이는 왕관을 쓰고 등에는 투명한 날개가 달려 있었다.

무혼이 멍하니 쳐다보고 있자 왕관을 쓴 소녀 요정은 두 눈을 초롱초롱 빛내면서 어서 마시라고 재촉했다.

"하하, 고맙구나."

무혼은 받아 마시고 잔을 돌려주었다. 잔이 워낙 작아 무혼에겐 고작 한 방울 정도의 분량이었다. 그럼에도 상큼하면서도 청량하기 이를 데 없는 신비한 향기가 입안 가득 퍼졌다.

바로 그 순간 조금 전 무혼에게 핑크빛 액체를 건넸던 소녀 요정은 환상처럼 사라졌다. 다른 요정들의 모습들도 마찬가지였다.

드나마스가 상기된 표정으로 말했다.

"세상에! 몇 백 년에 한 번 나타날까 말까 한 여왕 요정의 꿀을 오자마자 받다니! 당신은 정말 운이 좋군요."

"그게 꿀이었소?"

"벌들이 만든 꿀과 달리 꽃의 요정이 만든 꿀은 향기가 달라요. 특히 여왕 요정의 꿀은 매우 희귀하죠. 화산성에서 여태껏 여왕 요정의 꿀을 먹은 정령은 몇 없어요. 나도 천 년 전에 한 번 먹어 봤을 뿐 그 후로는 구경도 못 했다고요."

그토록 귀한 걸 엉겁결에 받아 마신 것이었다니.

"그 꿀을 먹으면 뭐 좋은 게 있는 것이오?"

"다른 건 잘 모르고 한 가지 확실한 건 있어요."

"그게 무엇이오?"

"입안에서 아주 좋은 향기가 난다는 것이죠. 그게 여왕 요정이 만든 꿀이 가진 효능이에요."

"향기라 했소?"

드나마스는 기이한 눈빛을 보내며 고개를 끄덕였다.

"여왕 요정이 만든 특별한 꿀은 몇백 년도 넘게 그 향기가 지속되죠. 앞으로 당신과 키스를 하는 정령은 매우 기뻐할 거예요."

입 안에서 좋은 향기가 난다? 그것도 몇백 년씩이나. 물론 키스를 나눌 만한 정령은 없다 해도 좋은 향기를 얻었으니 나쁠 건 없었다. 어쩌면 아르나나 실피가 양치술을 펼칠 때 좋아할 수도 있으리라.

무혼은 머쓱한 표정으로 말했다.

"손님으로 와서 귀한 보물을 챙기니 왠지 미안하게 됐소."

"흥! 미안한 건 잘 아시는군요. 하지만 여왕 요정이 당신을 마음에 들어 해서 준 것이니 어쩌겠어요? 다음에 또 언제 나타날지 모르지만 그땐 꼭 내게 달라고 졸라야겠어요."

"부디 그렇게 되길 바라겠소."

둘은 잠시 다시 걸었다. 드나마스가 광장을 가리키며 말했다.

"그보다 소감이 어때요? 이곳 분위기는 당신이 봤던 북부 도시와는 많이 다르죠? 보시다시피 화산성엔 달리 옷이나 장신구를 파는 상점이 없어요."

그것은 당연한 일이었다. 옷을 입으면 추방되는 괴이한 룰을 가지고 있는 화산성에서 옷을 팔아 돈을 벌겠다는 정령이 있을 리가 없을 것이다.

무혼은 고개를 끄덕이며 말했다.

"확실히 이곳의 분위기가 그곳과는 많이 다른 것 같소."

"북부 도시는 타락한 곳이죠. 그곳엔 정령들이 쓸데없이 인간처럼 옷으로 자신을 꾸미고 장신구로 자신의 아름다움을 가장하려 한다고요. 모두가 사악한 바람의 정령 카르카스 녀석 때문이죠. 그자는 정령들을 타락시키고 그것을 통해 그들을 장악하고 있어요."

북부 도시에서는 영웅으로 칭송받는 바람의 정령 카르카스를 드나마스는 사악한 정령이라 말하며 비난하고 있었다.

그러나 무혼이 보기에 북부 도시는 중급 정령이나 하급 정령이 잔뜩 모여 있는 반면, 이곳 화산성에서 상급 정령이하의 정령들은 눈을 씻고 찾아봐도 없었다.

화산성이 비록 매우 신비롭고 풍요로운 곳이라 해도 그러한 혜택이 오직 상급 정령들에게만 주어지는 것이라면, 북부 도시에 바글거리는 중급 정령이나 하급 정령들에게는 이곳 화산성이 어찌 달가운 곳이겠는가.

게다가 이들 화산성의 상급 정령들이 하급 정령이나 중급 정령들에게 정령석을 나누어 줄 만큼 배려가 깊지 않다면 그들은 화산성에 더더욱 불만을 가질 수밖에 없는 것이다.

카르카스는 그러한 틈을 파고든 것이고, 그는 카르의 돌이라는 특이한 물건까지 만들어서 하급 정령과 중급 정령들에게 꿈을 안겨 주었으니 그들에게 영웅이 되고도 남았다.

따라서 무혼이 보기에 카르카스를 향한 드나마스의 비난은 상급 정령들의 이기적인 성향이 잔뜩 드러나 있는 것으로 비춰지는 것이었다.

그러나 그에 대해 무혼은 별다른 말을 하지 않았다. 무혼은 정령들의 일에 굳이 간섭하고 싶지 않기 때문이었다.

'마족이 혹시 관여되어 있다면 마족들은 내가 해치워 줄 수 있다.'

그러나 그 이외의 일은 정령들이 알아서 할 일이지 무

혼이 관여할 바가 아니었다. 무혼은 차원의 보주를 만드는 데 필요한 물건들을 얻기 위해 정령의 숲에 들어왔을 뿐이고, 용무를 마치면 곧바로 나갈 생각이었으니까.

무혼이 별다른 동조를 하지 않고 묵묵히 있자 드나마스는 뭔가 심통이 난 듯 무혼을 힐끗 노려보다가 말했다.

"무혼, 당신은 카르카스가 여전히 영웅이라고 생각하나요?"

"모르겠소. 난 그가 무슨 일을 벌이든 관심 없소."

무혼의 대답에 드나마스는 기이한 표정을 짓더니 고개를 끄덕였다.

"하긴 당신이 굳이 관심을 가질 필요는 없겠지요. 정령들의 일에 말이에요."

"……."

무혼은 흠칫했다. 정령들의 일에 굳이 관심을 가질 필요는 없을 것이라는 드나마스의 말에는 적지 않은 의미가 함축되어 있었다. 무혼이 어찌 그녀의 말이 의미하는 바를 눈치채지 못하겠는가.

상급 정령인 드나마스는 이미 무혼이 정령이 아닌 다른 존재라는 것을 알고 있는 듯했다. 그것은 드나마스가 북부 도시의 암흑가 보스 네리나 못지않은 능력을 가진 정령이라는 것을 의미했다.

그동안 무혼의 육체가 정령체와 다르다는 것을 눈치챈 정령은 네리나 이외에는 없었다. 정령의 숲 문지기 정령은 물론이고, 이곳 화산성의 문지기 정령들도 무혼이 정령이 아닌 인간이라는 사실을 전혀 알지 못했다.

무혼이 짐짓 암흑의 정령과 같은 기운을 풍기고 있기에 하급 정령이나 중급 정령은 무혼이 인간이라는 것을 눈치채지 못한 것이었다. 대부분의 상급 정령도 마찬가지였다.

그러나 상급 정령들도 다 같지 않았다. 그들의 수준은 천차만별이었다. 네리나의 경우는 상급 정령 중에서도 손에 꼽을 만큼 강력한 정령이었다. 물의 정령 아르나에 비하진 못하지만 그래도 대략 상급 마족에 육박하는 기세를 가지고 있었으니까.

그런데 지금 드나마스의 경우는 네리나를 훨씬 능가했다. 아르나와 쌍벽을 이룰 정도랄까?

짐짓 기세를 감추고 있지만 무혼은 그녀가 이곳 화산성에서 손에 꼽힐 만큼 강한 정령이라는 것을 이미 간파한 터였다. 어쩌면 그녀는 사만다와 매우 가까운 측근 중의 측근일 가능성이 높았다.

무혼은 쓸쓸히 웃으며 말했다.

"당신의 말대로요. 난 그저 사만다를 만나 불의 정화를 얻으면 될 뿐이오. 그 어떤 충돌이나 불미스러운 사태를 일으키고 싶은 생각은 없소."

"걱정 말아요. 굳이 말하지 않아도 알고 있으니까. 약속대로 나와 놀아 주면 그녀의 위치를 알려 줄게요."

"알았으니 어디든 또 데려가 보시오."

지금처럼 그저 같이 거닐며 경치를 구경하는 것이 노는 것이라면 무혼으로서도 아무런 부담이 없었다. 우려했던 이상야릇한 놀이가 아니었던 것이다.

비로소 무혼은 자신이 이곳의 정령들을 매우 오해한 것이 아니었을까 하는 생각이 들었다. 이들은 그저 벌거벗고 있을 뿐이지, 무혼이 상상했던 이상야릇한 타락 행위들과는 거리가 멀다는 것을 말이다.

그러나 그러한 생각이 그저 착각에 불과했다는 것을 잠시 후 해가 저물면서 확연히 느끼게 되었다.

태양이 지고 놀랍도록 화려한 은빛의 달이 떠오르자 그 달빛을 받은 정령들의 나신에서는 낮과 비할 수 없이 강렬한 색기가 넘치기 시작했다.

그래도 낮까지는 비교적 고고하며 순결해 보였던 정령들이 남녀 할 것 없이 쌍쌍으로 어우러져 뜨거운 향락 행위를 벌이기 시작하니 무혼은 깜짝 놀라고 말았다.

물론 모든 정령들이 그런 것은 아니었다. 향락 행위를 벌이는 정령들은 전체 중 반 정도였다. 나머지 정령들은

여전히 낮처럼 산책을 즐기거나 혹은 조용히 누워 휴식을
취하거나 혹은 다른 정령들이 사랑을 나누는 행위를 진지
하게 쳐다보기도 했다.

그러나 이미 화산성의 도처는 도무지 무혼이 눈을 둘 데
가 없을 정도로 낯 뜨거운 장면들이 속출하고 있었다.

'타락도 이런 타락이 없군.'

무혼은 인상을 찌푸렸다. 만일 자신이 욕념을 무와 공으
로 돌릴 수 있는 경지에 이르지 않았다면, 지금쯤 정령들
과 어우러져 무슨 해괴한 짓을 벌이고 있을지 모를 일이었
다. 그만큼 화산성 전체가 들뜬 향락의 장이 되어 버린 터
였다.

그때 드나마스가 탄성을 지르며 말했다.

"아! 오늘이 무슨 날인가 봐요. 꽃의 여왕 요정이 나타
난 것에 이어 백 년에 한 번 보기 힘든 은빛 만월까지 뜨다
니 말이죠. 보세요. 풍경이 정말 아름답지 않나요?"

"달빛은 멋진 것 같소만 그 아래 정령들은 좀 추하지 않
소?"

무혼이 미간을 찌푸리며 대답하자 드나마스가 기분 나
쁘다는 듯 무혼을 쏘아봤다.

"추하다고요?"

"그렇소."

"정말 그렇게 생각해요?"

"솔직히 말해 주길 원한다면 그렇소. 이곳은 매우 타락한 곳 같다는 것이지. 사만다가 이 성의 성주로 알고 있는데, 그녀의 방침이 이런 것이오?"

드나마스가 피식 웃었다.

"타락의 기준이 뭔데요? 당신은 왜 저들이 타락했다고 생각하죠? 혹시 인간의 기준을 정령에게 적용하려고 한다면 우스울 뿐이군요."

"그렇다 해도 저건 너무하지 않소? 남들이 보는 곳에서 드러내 놓고 한다는 것은 심히 좋지 않은 풍경 같소. 하물며 그것도 한둘이 아니라 대부분의 정령들이 말이오. 누가 봐도 이 성은 타락한 성이라고 볼 수밖에 없는 것이오."

무혼은 그녀를 질책하듯 말했다. 그러나 드나마스는 코웃음을 칠뿐이었다.

"당신은 아득한 기억 속의 누군가와 아주 비슷한 말을 하는군요. 잘 들어요. 방금 당신이 말한 기준은 철저히 인간의 기준에 입각해 있어요. 인간들은 보통 교합을 은밀하게 하는 게 통례이죠. 그렇지 않나요?"

"그야 물론이오."

"그러나 정령들은 그렇지 않아요. 드러내 놓고 즐기는 걸 좋아한다고요. 정령들은 달빛을 맞으며, 특히 오늘처럼

은빛의 만월 아래 나누는 사랑을 최고로 여겨요. 세상에서
가장 행복하고 아름다운 순간이라고요."

"음."

무혼은 듣고 보니 그녀의 말에 일리가 없지는 않다는 생
각이 들었다. 자신의 기준으로는 못마땅해도 정령들의 세
계에서는 저것이 당연한 것이라면, 인간인 자신이 그것으
로 정령들을 타락했다고 함부로 판단할 수 없는 것은 당연
한 일이 아니겠는가.

그러나 그렇다 해도 여전히 이 자리가 불편한 것은 틀림
없었다. 무혼은 정령이 아니니까.

"타락했다는 말은 취소하겠소. 그러나 아무리 그렇다
해도 서로 간의 사랑에 대한 정절이라는 것은 있어야 하지
않겠소?"

그러자 드나마스는 어이가 없다는 듯 두 눈을 크게 뜨며
말했다.

"왜 없다고 생각하세요? 지금 저기서 사랑을 나누는 정
령들은 대체로 각자의 파트너가 정해져 있어요. 인간으로
치면 애인과 같다고요."

"정말 그렇소?"

"물론 일부 정령들에게 있어 교합은 상대에 대한 호감
의 표현일 뿐이고 삶의 여흥에 불과하다고 해요. 인간들이

만나 대화를 하듯 그들은 달빛 아래서 누구하고든 사랑을 나누죠. 하지만 그건 말 그대로 일부일 뿐이에요. 모든 정령들이 그렇다고 일반화하면 곤란해요. 정절을 소중히 여기는 정령들이 더 많다고요."

드나마스는 성난 표정으로 말을 이었다.

"그토록 정절을 중시하는 인간들 중에도 탕녀가 존재하고 난봉꾼이 있듯, 정령 중에도 그런 부류는 있다고요. 하지만 자, 주변을 잘 살펴보세요. 애인이 없는 정령들이 수두룩하죠? 그들은 아무리 달빛이 좋아도 평소대로 산책을 즐기고 있어요. 백 년에 한 번 뜬다는 은빛 만월인데도 말이에요. 이래도 우리 정령들이 정절 따위를 무시한다고 할 건가요?"

그러니까 저기 길거리에서, 풀밭에서, 카페에서, 식당에서, 건물의 지붕 위에서, 심지어 허공에서, 그야말로 화산성의 도처에서 사랑을 나누는 정령들은 모두 각자의 애인들과 사랑을 나누고 있다?

그리고 산책을 하거나 잠을 자거나 그냥 대화를 나누고 있는 정령들은 애인이 없어서 이 특별한 의식에 참여하지 못한다는 것이었다.

'하긴 그럴 수도 있겠군.'

무혼은 갑자기 도처에서 낯 뜨거운 장면이 속출하자 짐

짓 그것들을 타락의 행위로 넘겨짚었을 뿐이다. 그러나 그들이 모두 각자의 애인을 파트너로 두고 하는 행위라면 솔직히 나무랄 이유가 없는 것이었다.

특히나 정령들의 문화에서는 그러한 행위를 남들 앞에서 마치 인간들이 빵을 먹거나 인사를 하듯 자연스레 할 수 있는 모양이었다.

이 모든 것을 종합해 볼 때 무혼이 이곳 화산성을 타락의 성이 어쩌고 하는 것은 그야말로 인간 기준의 독선적인 태도로밖에 볼 수 없는 것이었다.

"솔직히 당신 말대로 내가 너무 내 기준으로 판단한 것을 인정하겠소. 이와 같은 상황이 정령들에겐 당연한 것이라면 더 이상 나쁘게 보진 않겠소."

그러자 드나마스의 표정이 다소 풀어졌다.

"그렇게 말을 해도 당신에겐 여전히 저 모습들이 못마땅하겠죠?"

솔직히 그럴 리가 있겠는가? 물론 처음에는 무척 못마땅하고 불편했던 게 사실이었다. 그러나 그것은 무혼이 자신의 기준에서 그들이 타락 행위를 하고 있다고 생각함으로써 비롯된 일종의 심리적 방어 기제 때문이었다.

그러나 지금은 다르다.

야서도 매우 즐겨 읽던 무혼으로서 저와 같은 상황이 도

덕적으로 타락한 행위가 아니며 이곳에서는 오히려 권장할 만한 상황이라면, 또한 무엇보다 아름답고 행복한 행위들이라면 구경꾼으로서 어찌 흥미진진하지 않겠는가?

"하하, 지금은 전혀 못마땅하지 않으니 염려 마시오."

"그렇다면 다행이고요."

"그런데 내가 이렇게 쳐다보고 있는 것이 저들에게 실례가 아닌지 모르겠소."

"천만에요. 정령들은 인간들과 달리 자신들이 나누는 사랑의 행위를 남이 봐주는 걸 가장 큰 기쁨으로 여기죠."

그 말에 무흔은 두 눈을 가늘게 뜨고 달빛 아래 펼쳐진 기경(奇景)들을 차분하게 감상하기 시작했다. 남들이 봐주는 걸 오히려 기쁨으로 여긴다고 하니 무흔으로서도 좋은 일 한다 생각하고 진지하게(?) 지켜봐 주는 것이 도리일 것이다.

'흠.'

정령들이라 해도 체형이 인간과 같고, 특히 이곳 정령의 땅에서는 완전한 인간의 육체와 흡사한 형태로 존재하기에 그들이 펼치는 형과 식은 기본적으로 인간의 그것들과 크게 다를 바가 없었다.

물론 이에 대해서는 무흔이 이미 야한 정령이 어쩌고 하는 야서를 통해 충분히 숙지한 바였다. 또한 정령들이 그에서 더 나아가 인간들보다 더욱 다양한 형과 식을 발전시켰다는 사실도 알고 있었다.

그런데 이곳 화산성의 정령들 중에는 야서로 읽었던 내용에는 나오지 않았던, 말 그대로 그보다 진보된 형태의 기괴한 형과 식을 펼치는 이들이 간혹 보이는 것이 아닌가?

"호! 제법 상상력이 풍부한 이들이 보이는군."

무혼이 혼잣말로 중얼거리자 드나마스가 힐끗 고개를 돌려 무혼의 시선이 향하는 곳을 쳐다봤다. 그녀는 고개를 끄덕이고는 말랬다.

"저걸 단번에 알아보다니 당신은 보기보다 꽤 식견이 풍부하군요."

"물론이오. 다른 건 몰라도 이쪽의 식견이라면 어디 가서 절대 빠지지 않는다고 자부할 수 있소."

사실 어디 가서 빠지지 않는 정도가 아니라 이미 이쪽 방면의 상상에 있어선 가히 극의의 경지에 이른 무혼이 아니었던가. 그런 무혼에겐 한 단계 진보된 정령들의 상상력도 가소로울 뿐이다. 뭐, 그렇기에 이토록 담담할 수 있는 것이겠지만.

'쯧! 안타깝게도 여전히 기존의 한계에 얽매어 있어. 내친김에 몇 가지 전수해 줄까? 정령들에게 좋은 일 한다 치

고 말이야.'

정령은 정령이지 인간이 아니다. 정령을 있는 그대로의 모습으로 봐주는 게 좋을 것이다.

무혼은 정령들에게 인간의 기준 잣대를 들이대서 비난하기보다는, 기왕이면 그들이 좀 더 행복(?)할 수 있도록 작으나마 도움을 주기로 했다.

인간들이라면 불가능하지만 정령이라면 가능한 것들! 무혼은 아공간에서 기다란 두루마리 한 장과 펜을 꺼내 들었다. 곧바로 바닥에 정좌 자세로 앉은 채 지난 사흘 동안의 명상 속에서 떠올렸던 몇 가지 형과 식을 그림과 함께 적어 나가기 시작했다.

쓰윽! 쓱쓱—

단순히 형과 식만 정적으로 적어 두는 것보다 이야기를 섞어 주는 것이 이해하기 쉬우리라. 무혼은 기존에 읽었던 몇 권의 야서 내용을 참조해서 그럴듯한 이야기 하나를 꾸며냈다.

은월삼절애가(銀月三絶哀歌)!

은빛 만월이 떠오르는 날 처음 만난 두 정령이 사랑에 빠진 후 농밀한 사랑을 나눈다는 아주 뻔한 이야기였다.

삼절이라고 한 이유는 그들이 나누는 사랑의 행위에 세 가지 경천동지할 초식이 포함되어 있기 때문이었다. 물론 무공 초식이 아닌 무혼이 야한 상상 속에서 떠올렸던 것들 중 세 가지를 의미한다.

단순히 손쉽게 사랑만 나누면 식상하다. 따라서 무혼은 주인공들의 사랑을 방해하는 방해꾼을 등장시키고, 오해로 인해 주인공들은 결별의 위기까지 맞았다가 마지막에 극적으로 오해가 풀리게 했다.

그리고 안타깝지만 방해꾼으로 인해 정령 중 하나가 죽게 되며 슬픈 결말을 맺는 것으로 이야기는 끝이 나는 것이다. 그래서 애가(哀歌)라 지은 것이었다.

'제목이 제법 그럴듯하군.'

무혼은 스스로의 창작력에 흡족해 하며 머릿속에 떠오른 대로 순식간에 글을 써 내려갔다.

신비로운 정령의 땅 화산성에 아름다운 물의 정령 아그노스가 있었는데, 은빛의 만월이 화려하게 내리비추는 어느 날 그녀의 앞에 멋진 불의 정령 포르티가 나타난다.

사실 무혼은 은근슬쩍 주인공들로 드래곤 친구들의 이름을 도용한 것이었다. 그들이 알게 되면 펄쩍 뛸 일이겠지만 무혼은 설마 이 이야기가 그들의 눈과 귀에 들어갈 일은 없으리라 생각했다.

어쨌든 그들은 첫눈에 사랑에 빠졌고 사랑을 나눈다.

은월삼절 중 제일절이 이때 등장한다.

그러나 이들의 사랑을 질투한 사악한 드래곤이 있었으니, 다름 아닌 푸르카였다. 푸르카는 포르티와 절친한 친구였지만, 아그노스를 연모하고 있었던 것이었다.

그는 아그노스와 포르티의 사랑이 깊어지자 결국 음모를 꾸미게 된다. 수면의 약을 술에 타 포르티에게 먹여 그를 잠들게 한 후, 포르티의 모습으로 변신해 아그노스에게 접근한다.

아그노스는 포르티가 설마 드래곤 푸르카의 변신이라는 것을 눈치 못 채고 그와 사랑을 나눈다.

비극적이지만 은월삼절 중 제이절이 여기서 등장한다.

그런데 그때 수면의 약에서 막 깨어난 포르티가 그 장면을 보게 된다. 그는 푸르카의 뒷모습만 보았기에 그가 자신의 모습으로 변신했을 것이라고는 상상도 못 한 채 아그노스의 변절에 분개하며 결별을 선언한다.

뒤늦게 그것이 푸르카의 변신이었다는 것을 알게 된 아그노스는 깜짝 놀라지만 포르티는 이미 마음이 싸늘히 식어 버린 후였다. 그녀가 오해를 풀려 하지만 포르티는 이미 어딘가로 떠나 버렸다.

그러다 아득한 시간이 흘러 그들은 우연한 장소에서 다시 마주치는데, 포르티는 비로소 푸르카가 꾸민 음모로 자신이 아그노스를 오해했음을 알게 된다.

그때 은빛의 만월이 밤하늘을 아름답게 비추고, 둘은 드디어 은월삼절 중 마지막 제삼절을 화려하게 펼치게 된다.

이야기가 여기서 끝이 나면 좋겠지만, 불행하게도 사악한 드래곤 푸르카가 질투심을 이기지 못하고 나타나 포르티의 등에 검을 꽂아 넣는다.

포르티는 죽기 전 혼신의 힘을 다해 푸르카를 공격하고, 여기에 분노한 아그노스가 가세하자 푸르카는 버티지 못하고 참혹한 죽음을 당한다. 곧바로 포르티도 죽는다. 아그노스에게 사랑한다는 말을 남기며.

이후 은빛의 만월이 떠오를 때마다 아그노스는 죽은 연인 포르티를 생각하며 슬픈 추억의 노래를 부른다.

뭐, 이렇게 이야기는 슬프게 끝나는 것이었다. 이야기가 슬퍼야 은월삼절이 더욱 애틋하면서도 아름답게 느껴질 것이기에.

그렇게 무혼이 의도한 은월삼절은 이야기 속에 적절히 배치되어 있었고, 그때마다 아그노스와 포르티, 푸르카의 실물 그림들이 정교한 동작을 연출하며 그려져 있었다.

이로써 무혼의 처녀작 은월삼절애가가 탄생한 것이었다. 무혼은 마지막으로 두루마리에 『저자 무혼』이라는 글자를 적은 후 흐뭇한 미소를 지으며 그것을 드나마스에게 내밀었다.

"받으시오."

무혼이 야서 두루마리를 작성하는 동안 드나마스는 고개를 갸웃하며 간혹 힐끔거렸을 뿐 자세히 쳐다보지는 않았다. 그보다 그녀는 은색의 달빛 아래 펼쳐진 정령들의 아름다운 몸짓들을 기분 좋게 감상하고 있었을 뿐이었다.

그런데 갑자기 무혼이 두루마리를 내밀자 그녀는 의아했다.

"이게 뭐죠?"

"읽어 보면 알 거요. 혹시라도 마음에 든다면 그걸로 한 달의 시간과 갈음하고 이제 내게 사만다의 위치를 알려 주면 고맙겠소."

"흐음! 과연 그럴 만한 가치가 있는지 한번 읽어 보도록 하죠."

Chapter 8

불의 정령의 은밀한 유혹

“……!”

처음에는 시큰둥하게 두루마리를 펼쳐 들었던 드나마스의 두 눈은 내용을 읽어 내려가는 순간 점점 커졌다.

‘어, 어떻게 이런 말도 안 되는!’

은월삼절애가의 뻔한 애정 이야기 자체는 그다지 세련된 건 없었지만 다 읽고 나니 왠지 가슴이 찡하고 눈물이 났다. 또한 중간에 딱 세 번 나오는 농밀한 행위는 그녀로서는 지금껏 상상도 해 본 적 없는 기이막측한 것이었다.

가슴이 두근거리고 얼굴이 화끈거리는 것을 참으며 단

숨에 끝까지 읽어 내린 드나마스는 그사이 가빠진 숨을 몰아쉬며 무혼을 슥 노려봤다.

"하아! 이건 정말 대단하군요. 설마 이런 특이한 방법들이 존재할 거란 건 상상도 못 해 봤네요."

"그리 대단한 것은 아니지만 이곳 화산성의 정령들에게 작게나마 도움이 되었으면 하는 마음에 만들어 본 것이오."

무혼은 담담히 웃으며 대답했다. 드나마스는 고개를 끄덕였다.

"이 두루마리를 대량으로 만들어 화산성의 모든 정령들에게 뿌려야겠어요. 아마 화산성의 정령들은 은월삼절애가와 저자 무혼의 이름을 영원히 기억할 거예요."

하필이면 야서 작가로 이름을 남긴다는 것이 다소 어이없긴 했지만 무혼은 그것도 나쁘지 않다는 생각에 크게 웃었다.

"하하하, 졸작으로 눈을 더럽히지 않을까 우려했는데 큰 도움이 될 것 같다니 다행이오. 그럼 이제 나를 사만다에게 데려가 줄 수 있겠소?"

그러자 드나마스가 기이하게 웃으며 말했다.

"좋아요. 기꺼이 그렇게 하죠."

"오! 고맙소."

무혼은 쾌재를 부르며 드나마스의 뒤를 따라갔다.

'후후, 은월삼절애가가 썩 마음에 들었나 보군.'

처음으로 써 본 야서였는데 반응이 괜찮다니 왠지 뿌듯한 기분이었다.

'앞으로 틈나는 대로 종종 다른 것들도 써 볼까?'

무혼의 머릿속에는 은월삼절 말고도 그 못지않은 절기들이 무수히 있으니 작정하면 충분히 가능한 일이었다.

잠시 후 드나마스가 무혼을 이끌고 간 곳은 한 저택 앞이었다. 화려한 붉은 지붕을 가진 이 층 저택은 작은 규모는 아니었지만, 화산성에 이와 비슷한 규모의 저택들은 수두룩하게 많았다.

사만다가 있을 곳이라면 화산성에서 가장 화려한 건물이라 생각했는데, 의외로 그녀는 소탈한 구석이 있는 것일까?

저택의 일 층으로 들어가자 흔히 보는 카페처럼 예쁘게 꾸며진 응접실이 나왔다. 모르고 이 집에 들어오면 카페로 착각할 정도로.

"편한 곳에 앉아 있어요, 무혼."

그 말과 함께 드나마스는 이 층으로 올라가 버렸다. 이 층에 사만다가 있는 모양이었다.

무혼은 창가에 위치한 소파에 앉았다. 그런데 창밖으로 보이는 전경은 전혀 뜻밖이었다. 놀랍게도 화산성의 조망이 한눈에 펼쳐져 있던 것이다.

분명 저택의 위치는 결코 높지 않았다. 그러나 설령 높은 지대에 위치해 있더라도 이토록 모든 것을 한눈에 조망하기란 불가능했다. 창에 어떤 특별한 마법이나 주술을 걸어 마치 상공에서 내려다보듯 할 수 있게 된 것이었다.

'특이한 창문이군.'

덕분에 무혼은 은빛의 화려하고도 야릇한 야경을 마음 놓고 감상할 수 있었다. 아직도 화산성의 도처에서 정령들의 향연은 그칠 줄 모르고, 오히려 무르익는 듯 더욱 열기를 더해 갔다.

신기한 것은 무혼이 창문을 통해 특정 지점을 빤히 쳐다보면 그 부분이 저절로 확대되어 나타난다는 것이었다. 그러다 다시 다른 곳을 쳐다보면 본래 도시의 전경으로 돌아갔다.

그로 인해 무혼은 특정 장면들은 아주 세세하게 살펴볼 수 있는 때아닌 행운을 누릴 수 있었다. 정말 쓸 만한 창문이었다. 가능하면 떼어 가고 싶을 정도로.

'그나저나 대체 언제 나타날 셈인가?'

무혼은 하품이 나왔다. 사실 재밌는 장면도 어느 정도

지, 그것도 잠시 쳐다보자 지루하지 않을 수 없었다.

더구나 이미 그쪽 방면의 상상에 있어서는 극의의 경지에 이른 무혼으로서는 사실상 볼 건 없다고 봐야 했다. 더 이상 구경은 흥미가 동하지 않았다. 그럴 바엔 차라리 야서를 쓰는 게 훨씬 흥미진진할 것이다.

무료해진 무혼은 창밖에서 시선을 거둬 집 안을 살펴봤다. 뭔가 신비한 마법이 펼쳐진 집이긴 하지만, 그렇다 해도 화산성의 성주이자 성격이 더럽기로 소문난 사만다의 집치고는 참으로 소박했다.

응접실의 안쪽에는 카페처럼 만들어진 네 개의 테이블과 소파들, 그리고 한쪽에 갖가지 종류의 술과 음료 등이 전시되듯 진열되어 있는 바가 있었다.

바 안쪽에 있는 문을 열고 들어가 보니 커다란 거실이 있었는데, 그곳의 벽에는 고풍스러운 무늬의 액자와 함께 그림 다섯 장이 차례로 걸려 있었다. 그림은 모두 남자들의 초상화였다. 다들 멋지고 잘생긴 얼굴들이었다.

놀라운 것은 그중에 낯익은 얼굴들이 보인다는 것. 다름 아닌 필리우스와 푸르카였다. 그러고 보니 초상화의 행렬은 앞의 낯선 세 남자들의 얼굴에 이어, 필리우스, 푸르카의 순으로 되어 있었고, 푸르카의 얼굴을 마지막으로 더 이상 그림은 없었다.

'잘생긴 남자들을 꽤나 좋아하나 보군.'

그러다 무혼은 문득 가운데 있는 초상화의 남자를 쳐다봤다. 붉은 머리에 붉은 눈을 가진 그는 인간 같지 않은 기이한 마력을 풍기고 있었다.

물론 이곳에 그려진 초상화는 당연히 인간이 아닌 정령이나 드래곤일 가능성이 높으니, 인간 같지 않은 느낌이 드는 것은 당연하리라.

그 왼쪽의 초상화도 마찬가지였다. 푸른 머리를 가진 청년의 얼굴에서도 이루 형언할 수 없이 기이하고 신비한 느낌이 풍겨 나왔다.

마지막으로 가장 왼쪽의 초상화를 보는 순간 무혼은 이상하게 가슴이 답답해질 정도로 불쾌하면서도 기분이 나빠졌다.

놀랍게도 그의 얼굴에서 풍겨나는 매력은 모든 초상화 중에서 단연 으뜸이었다. 인상도 온화하게 웃고 있지만, 왜 이렇게 긴장이 되며 기분이 나빠지는 것일까?

'이상하군. 꼭 마족을 봤을 때 느꼈던 불쾌감이 왜 이 그림을 보는 순간 느껴지는지 모르겠구나.'

무혼은 왠지 이 첫 번째 초상화의 주인은 마족이 아니었을까 하는 추측이 들었다. 틀림없었다. 그렇지 않다면 무혼이 이런 기이한 긴장감과 동시에 불쾌감이 들 이유가 없었던 것이다.

아무리 잘생긴 얼굴을 좋아한다 해도 마족의 얼굴까지 그려 놓았다는 말인가?

"무혼, 여기 있었군요."

그때 드나마스가 거실로 들어오며 말했다. 무혼은 그녀를 보자 반색했다.

"그냥 앉아 있기 무료해서 잠시 그림을 좀 보고 있었소. 사만다는 함께 온 것이오?"

"그녀를 보려면 이제 마지막 절차가 필요해요."

"마지막 절차?"

"일단 이쪽으로 따라오세요."

무혼이 다시 카페처럼 꾸며진 응접실로 가자 그곳 테이블 위에는 화구(畵具)들이 잔뜩 늘어져 있는 것이었다.

"웬 화구들이오?"

"그녀는 아주 특별한 손님의 경우에는 초상화를 그려 보관하는 습관이 있죠. 알고 있나요? 무혼, 당신은 그 아주 특별한 손님에 속해요."

"그러니까 지금 내 얼굴을 그리겠다는 것이오?"

무혼이 어이없어하는 표정을 짓자 드나마스가 다가와 무혼을 소파에 앉히며 말했다.

"후훗, 금방 완성될 거예요. 이대로 단정히 앉아 있어요. 알았죠?"

"초상화를 꼭 그려야 하는 거요?"

왠지 자신의 초상화가 조금 전 그 거실의 벽에 걸리지
않을까 불안해진 무혼은 찜찜한 표정으로 인상을 찌푸렸
다. 드나마스는 무혼의 구겨진 인상을 손으로 펴며 부드럽
게 말했다.

"초상화만 완성되면 그녀는 바로 나타날 거니 조금만
참아요. 설마 그녀가 보고 싶지 않은 건 아니죠?"

"알았으니 어서 그리시오."

대체 사만다를 만나는 절차가 왜 이리 복잡하다는 말인
가? 그러나 그녀를 만나 부탁을 해야 하는 무혼으로서는
마지막 절차라고 하니 참아 주기로 했다. 물론 그렇다 해
도 초상화의 용도는 꼭 물어볼 생각이었지만.

쓱— 쓰으윽—

무혼이 단정히 앉아 있자 드나마스는 곧바로 그림을 그
리기 시작했다.

그림을 그리는 그녀의 표정은 매우 진지했다. 보통 때는
불처럼 이글거리던 홍채가 지금은 물처럼 고요하며 잔잔
하게 가라앉아 있었다. 그러다 이따금씩 눈에 이채를 발하
며 입가에 미소를 짓기도 했다.

"무혼, 당신은 아까 붙어 있던 초상화의 얼굴들이 누군

지 혹시 알고 있나요?"

묵묵히 그림을 그리던 드나마스가 문득 무혼을 쳐다보며 물었다. 무혼은 고개를 끄덕였다.

"다행히 그중 둘은 비교적 잘 알고 있는 자들이오. 다른 자들은 모르겠소."

"가운데 초상화의 주인공은 불의 정령왕 나룬이에요."

무혼은 놀랐다. 불의 정령왕이라니. 설마 정령계 최강의 존재이자 마왕과 비등한 전투력을 지녔다는 불의 정령왕의 얼굴일 줄이야.

드나마스의 말은 이어졌다.

"그 왼쪽엔 물의 정령왕 아쿠아랍니다."

불의 정령왕에 이어 물의 정령왕까지! 무혼은 초상화 속의 얼굴들의 주인이 실로 대단한 존재라는 것을 알 수 있었다.

"그리고 맨 왼쪽의 초상화는 마왕 유레아즈의 얼굴이에요."

"지금 뭐라고 했소?"

무혼은 벌떡 일어섰다. 그의 부릅뜬 두 눈에서 섬뜩한 한광이 폭사되자 드나마스는 흠칫 놀라 몸을 떨었다. 갑자기 무혼으로부터 그녀가 상상할 수 없는 엄청난 기세가 뿜어져 나왔던 것이다. 그것은 그녀가 무슨 수를 써도 감당할 수 없는 미증유의 기운이었다.

드나마스의 안색이 창백하게 변하는 것을 본 무혼은 즉시 자신의 기세를 풀었다. 그러나 쉽게 화가 진정되지 않았다. 그는 곧바로 심호흡을 크게 하고는 드나마스를 차갑게 노려봤다.

"그가 정말 마왕 유레아즈인 것이오?"

"하아! 그래요. 근데 갑자기 왜 그렇게 화를 내는 거죠?"

"사악한 마왕 유레아즈의 얼굴이 걸려 있다는데 어찌 화를 내지 않을 수 있겠소? 대체 그 얼굴을 어떻게 그린 것이오? 설마 그놈을 만나 보기라도 한 것이오?"

"물론이죠. 그렇지 않았다면 어떻게 그의 얼굴을 그릴 수 있었겠어요. 그런데 그게 그렇게 중요한가요? 모두 아득히 지난 과거일 뿐이라고요."

드나마스가 원망스레 쳐다보며 말하자 무혼은 어이가 없었다. 갑자기 그게 중요하냐고 왜 묻는 건가? 지난 과거가 어쩌고 하는 말은 또 뭔가? 왠지 이상한 분위기로 흐르고 있었다.

무혼은 곧바로 드나마스를 노려봤다.

"그러고 보니 아까부터 살짝 의심이 가지 않은 것은 아니었소. 드나마스! 혹시 당신이 사만다 아니오?"

그러자 드나마스가 어깨를 으쓱하더니 당연하다는 듯 고개를 끄덕였다.

　"이제야 날 알아보는군요. 내 이름을 거꾸로 읽어 보면 대충이라도 짐작이 갔을 텐데요."

　드나마스를 거꾸로 하면 스마나드. 빠르게 발음하면 사만다와 비슷하긴 하다. 그런데 어느 누가 이름을 거꾸로 발음하는 해괴한 짓을 하겠는가. 무혼은 쓴웃음을 지었다.

　"다음부터 낯선 이름을 듣게 되면 꼭 거꾸로 발음을 해 보는 습관을 가져야겠군. 어쨌든 당신이 사만다가 맞다니 정말 의외요."

　"뭐가 의외죠?"

　"듣기로는 성질이 매우 더럽다고 해서 그런 줄 알았소."

　그러자 드나마스, 아니, 사만다가 샐쭉한 표정을 지었다.

　"대체 누가요? 누가 그런 말을 했죠? 내가 얼마나 부드러운 성격의 정령인데 정말 어이가 없군요."

　"그러니까 물의 정령 아르나도 그런 말을 했고, 드래곤 포르티와 아그노스도 그런 말을 했던 것 같소."

　그러자 사만다는 살짝 코웃음 치더니 의미심장한 미소를 지었다.

　"아르나는 본래부터 나와 사이가 좋지 않았으니까 그녀

가 날 좋게 말할 리가 없겠죠. 그리고 아그노스와 포르티는 언젠가 까불다 내게 한 번 혼난 적이 있으니 날 두려워할 거예요. 그보다 왜 하필 그 골칫덩이 녀석들을 은월삼절애가의 주인공으로 했나요?"

"그냥 문득 그들의 이름이 떠올라 써먹었을 뿐 다른 이유는 없소."

"다 좋았는데 그 녀석들의 이름이 들어가 몰입도가 조금 떨어진 건 있었어요. 거기다 푸르카는 또 왜 넣었어요?"

사만다는 은월삼절애가에 나오는 등장인물들의 이름에 왠지 불만이 가득해 보였다. 아까는 짐짓 내색을 하지 않고 있었을 뿐, 말이 나온 김에 물어보고 싶은 모양이었다.

"푸르카는 사실 의도한 바였소. 그는 악당 역할에 딱 적합해 보여서 말이오."

"뭐, 틀린 건 아니네요. 그는 충분히 그러고도 남을 만큼 질투심이 강하거든요. 성질도 더럽고요."

무혼은 고개를 끄덕였다.

"불행하게도 그는 지금 마족 애인에게 한참 빠져 있소. 문제는 그로 인해 드래곤과 마족이 상호 불가침의 맹약을 맺었다는 것이오. 나와도 불가침의 맹약을 맺긴 했지만 정말 한심하기 그지없소."

"마족 애인이라니 그다운 짓이군요. 호호호."

사만다는 흥미롭다는 듯 깔깔 웃는 것이었다. 무혼은 인
상을 찌푸렸다.

"그게 지금 웃을 일이오?"

"왜 웃으면 안 되나요?"

"안 될 것은 없지만 사만다 당신은 상황의 심각성을 잘
모르는 것 같소. 마족으로 인해 지금 이로이다 대륙이 매
우 심각한 상황에 처해 있단 말이오."

"그거야 예전부터 심심하면 벌어졌던 일인데 뭐, 새삼
스러울 것은 없잖아요."

무혼은 사만다와 더 말을 해 봤자 소용없을 듯하다고 생
각했다. 쓸데없는 말로 정력을 낭비하기보다 본론을 얘기
하는 게 좋을 것이다.

"사만다, 내게 불의 정화가 있는 위치를 알려 주시오."

그러자 사만다가 묘한 표정을 지으며 웃었다.

"그전에 할 말이 있어요."

"얘기해 보시오."

"당신이 보았던 초상화는 모두 나의 전 애인들의 얼굴
이었어요."

그 말에 무혼은 미간을 찌푸렸다.

"어느 정도 짐작은 하고 있었지만 설마 마왕 유레아즈

도 당신의 애인이었다는 것이오?"

"그는 나의 첫사랑이었죠."

무혼은 어이가 없었다.

정령왕들이야 그렇다 치자. 어떻게 마왕 유레아즈와 애인이 될 수 있다는 말인가?

"미쳤군. 하고많은 사람, 아니, 정령도 아니고 드래곤도 아니고 왜 하필 마왕이었소?"

마왕을 애인으로 삼은 사만다에 비하면 마족의 딸을 애인으로 둔 드래곤 로드 푸르카는 오히려 애교에 불과했다.

사만다는 무혼의 차가운 시선을 피하며 말했다.

"여자는 때로 나쁜 남자에게 끌리기도 하는 법이에요."

나쁜 남자로서의 마왕이라. 무혼의 두 눈이 더욱 차가워졌다.

"때로라? 그가 첫사랑이라고 하지 않았소?"

"어쨌든요. 그건 지나간 일이라고요. 나도 그땐 철이 없었고 정신 줄을 놓고 살았을 때라 그냥 마왕이 멋져 보였을 뿐이었죠. 정말 너무하시네요. 그러는 당신은 그래 본 적 없나 보죠?"

정신 줄을 놓고 살았다라. 적어도 그녀는 마왕과 사귀었던 것이 결코 바람직한 행위가 아니었음을 스스로 인정하고 있었다. 무혼은 다소 풀어진 표정으로 그녀를 노려보며 말했다.

"어딜 나를 동류 취급하려는 거요? 나는 당연히 그래 본 적 없소. 지금껏 그따위로 정신 줄을 놓아 본 적도 물론 없소."

"흥! 말도 안 돼. 거짓말 말아요. 정령도 아닌 인간이 은월삼절애가와 같은 기막힌 야서를 쓸 정도면 당신이야말로 갈 데까지 가 본 천고의 난봉꾼이 틀림없어요. 그거 알아요? 유레아즈도 그런 기묘무쌍한 절기는 알지 못했다고요."

은월삼절이 마왕도 생각하지 못했다는 기묘무쌍한 절기였다니. 무혼은 왠지 뿌듯하긴 했다.

"물론 그 부분에 대해서는 누구에게도 뒤지지 않는다 자부하오만, 그렇다고 해서 내가 난봉꾼이었다 생각하는 건 말도 안 되는 소리요."

"글쎄요. 그건 숱한 경험이 없이는 불가능한 발상이죠."

무혼은 피식 웃었다.

"뭐, 마음대로 생각하시오. 있지도 않은 일에 대해 변명을 하고 싶은 생각은 없으니. 아무튼 그래서 내게 하고 싶은 얘기가 뭐요? 초상화의 인물들이 당신의 옛 애인들이었다는 게 나와 무슨 상관이 있는 것이오?"

"당연히 상관있죠. 당신은 이제 나의 애인이니 그 정도는 알려 주어야 도리가 아니겠어요?"

무혼은 펄쩍 뛰었다.

"내가 당신의 애인이라니 무슨 헛소리요?"

사만다는 그윽한 눈빛으로 무혼을 쳐다보며 말했다.

"당신이 날 어떻게 생각하든 상관없어요. 중요한 건 내가 당신을 애인으로 생각하고 있다는 것이죠. 그리고 조만간 당신 역시 날 그렇게 생각할 거라 확신해요."

"날 좋게 생각해 주는 거야 고맙지만 사양하겠소."

"왜죠? 내가 과거가 많은 정령이라서 싫은가요? 그건 이미 지난 까마득한 과거일 뿐이에요. 지금은 당당하니까 자신 있게 밝힐 수 있는 거라고요."

"당신의 과거가 어쨌든 내가 알 바 아니오. 그와 관계없이 난 당신과 애인이 되고 싶은 생각은 없소."

"너무하시네요. 푸르카 이후로 두 번 다시 애인을 만들지 않겠다고 다짐한 후 백 년도 넘게 흘렀어요. 정령과 인간의 사랑이 얼마나 슬픈 것인지, 오랜 세월을 그리움으로 보내는 것이 얼마나 비극적인 것인지 알고 있지만, 당신을 보고는 걷잡을 수 없이 마음이 흔들렸죠. 이유는 모르지만 처음 봤을 때부터 강력하게 끌렸어요. 유레아즈나 필리우스를 처음 봤을 때도 이렇지는 않았는데, 내 마음은 진심이에요."

사만다의 눈에 맺힌 눈물 때문인지 그녀의 맑은 눈빛 때문인지 모르겠지만, 무혼은 적어도 그녀의 마음이 거짓은 아니라는 것을 느낄 수는 있었다.

그러나 그것은 어디까지나 그녀의 감정일 뿐이다. 무혼은 이런 상황에 대해서는 상당히 냉정한 구석이 있었다.

"날 좋아하는 거야 고맙지만, 다시 말하건대 나는 전혀 관심 없소. 앞으로도 당신을 좋아할 일은 없을 것이니 정신 차리시오, 사만다."

"대체 왜 날 좋아할 수 없는지 이유를 말해 봐요? 어디 애인이라도 숨겨 뒀나요? 아니면 내가 별로 예쁘지 않은 건가요?"

그럴 리는 없다. 무혼이 보기에 외모로 따지면 사만다를 능가하는 여자는 단연코 없었다. 그녀는 가히 미의 화신이라 할 정도로 아름다웠다. 오죽하면 마왕과 정령왕들, 그리고 천 년 전 기린아였다는 필리우스와 그의 친구 드래곤 로드 푸르카마저 사만다에게 푹 빠졌었겠는가.

"솔직히 말하겠소. 당신이 아무리 아름답다고 해도 당신은 정령이지 인간은 아니오. 하나 나는 인간이기에 나의 아이를 낳을 수 있는 인간 여자에게 끌리는 것이 당연하지 않겠소? 정령들은 정령들의 삶의 방식이 있듯, 인간은 인간으로서의 삶의 방식이 있소. 정령들의 삶의 방식을 내가 있는 그대로 편견 없이 지켜봐 줄 수는 있겠지만, 아쉽게도 내가 그 방식에 동화되기란 불가능한 일이오."

그러자 사만다는 탄식했다.

"천 년 전 필리우스도 비슷한 말을 했어요. 그러고 보니 당신은 그와 비슷한 면이 많군요."

"그분 역시 반쪽은 인간이었으니 나와 같은 생각을 했을 것이 틀림없소."

"하지만 결국 그는 나를 사랑하게 됐어요. 당신 역시 그럴걸요. 사랑에 빠지면 종족이건 삶의 방식이건 그딴 건 중요하지 않아요. 아이요? 정령인 내게 쉬운 일은 아니지만 작정한다면 불가능한 것도 아니죠. 그럼 대체 뭐가 문제일까요?"

무혼은 어깨를 으쓱했다.

"공연히 나를 설득하려 하지 마시오. 더 이상 무슨 말을 해도 소용없는 일이오. 그보다 이제 내게 불의 정화의 위치를 알려 주시오. 원하는 대가는 지불하겠소."

그러자 사만다가 기이하게 웃었다.

"대가요? 호호호! 만일 그 대가가 나의 애인이 되는 것이라면요?"

"그건 말도 안 되는 조건이오."

"왜 말이 안 되죠? 당신은 불의 정화를 얻기 위해 내가 얼마나 어려운 희생을 해야 하는지 알고는 있나요?"

"그냥 위치만 알려 주는 것도 희생이 필요한 거요?"

"불의 정화는 나 이외에 누구도 얻을 수 없어요. 위치를 안다고 되는 게 아니라고요."

"상관없소. 위치만 알려 주시오. 나머진 내가 알아서 하겠소."

"정말 고집불통이군요."

사만다는 탄식했다. 그러다 그녀는 문득 고개를 돌려 창문을 바라봤다. 그녀의 표정이 딱딱하게 굳어지더니 곧바로 집밖으로 나가며 말했다.

"미안해요. 금방 돌아올 테니 잠깐 쉬고 있어요."

그 말이 끝나기도 전에 그녀의 모습은 어디론가 사라져 보이지 않았다. 대체 무슨 일인데 저리 다급한 표정을 지으며 움직인 것일까?

무혼이 그 이유를 알아내는 것은 어렵지 않았다. 창문을 통해 비춰지는 화산성의 전경이 아까와는 판이하게 달라졌기 때문이었다.

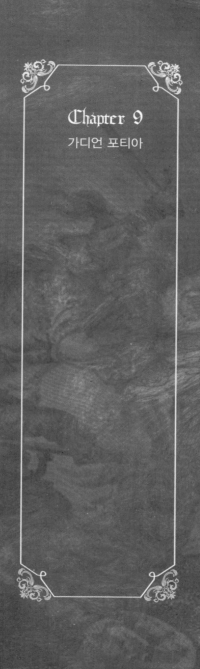

Chapter 9
가디언 포티아

　화산성의 성문이 있는 앞길을 따라 수많은 그림자 같은
것들이 몰려들고 있었고, 성의 사방 상공에는 검은 날개를
지닌 새 형상의 그림자들이 하늘을 가득 뒤덮고 있었다.

　그들은 다름 아닌 정령들이었다. 설마 북부 도시의 영웅
이라는 바람의 정령 카르카스가 정령들을 대거 이끌고 쳐
들어온 것일까?

　그로 인해 방금 전까지만 해도 은빛 만월 아래 농밀한
향연을 즐기던 화산성의 정령들은 곧바로 전투태세로 돌
입했고, 그들이 가진 각자의 정령력을 쏟아내며 성의 침입

자들에 맞서기 시작했다.

상공으로 날아오른 불의 정령들 중 일부는 전신이 화염처럼 이글거리는 새의 형상으로 변한 채 흑색의 괴조들과 맞붙었고, 검과 같은 무기를 형상화해 검사처럼 멋들어지게 싸우는 바람의 정령도 보였다.

적들의 숫자가 몇 배 많았지만 화산성 정령들의 개별 전투력이 월등했던 까닭에 전세는 화산성 쪽으로 조금씩 기울어 가는 듯했다.

무혼은 정령들의 싸움이라 섣불리 나서지 않고 지켜보는 중이었지만, 만일 화산성의 정령들이 불리하거나 패배할 상황이라면 나설 생각도 있었다. 사만다에게 불의 정화의 위치를 알아내야 하는 상황이니 화산성이 무너져 버리면 곤란하기 때문이다.

그러나 다행히 이미 승기는 화산성의 정령들에게 있는 듯했다. 성문을 향해 진군해 왔던 정령들은 크게 패해 도주하고 있었고, 사방 가득 상공을 메웠던 새 형상의 그림자 정령들도 대부분 패퇴하여 흩어지고 있었다.

그러한 가운데 눈에 띄는 전투가 하나 보였다. 상공 가장 높은 곳에서 바람의 정령 하나와 불의 정령 하나가 치열하게 격전을 벌이고 있었던 것이다.

불의 정령은 사만다였고, 바람의 정령은 무혼이 처음 보는 사내였다. 그는 빛나는 녹색 검신의 단검 두 자루를 양 손에 각각 쥔 채 사만다를 향해 정신없이 공격을 퍼붓고 있었다.

'저자가 카르카스인가 보군.'

사만다는 물의 정령 아르나 못지않은 능력을 가진 최상 급 정령이다. 그런 그녀와 비등한 전투력을 지닐 정도로 강한 정령이라면 북부 도시의 영웅 카르카스 외에는 없으 리라.

최상급 바람의 정령답게 그의 몸은 무수한 분신들을 만 들어 내며 사만다의 사방을 폭풍처럼 짓쳐 들어갔다. 그 러나 그의 모든 공격은 사만다의 주위에 빙 둘러진 붉은빛 실드의 막을 뚫지 못했다.

오른손에는 붉은 검신의 장검을, 왼팔엔 붉은 방패를 두 른 채 카르카스를 상대하는 사만다는 기세에서 카르카스 를 압도했다.

화르르륵! 화르르르!

그녀가 검을 휘두를 때마다 전면의 공간이 이글거리며 불타올랐고, 그 반경 안에 위치했던 카르카스의 분신들은 화염에 휩싸인 채 검은 연기가 되어 사라졌다.

그러나 카르카스는 그렇게 밀리는 와중에도 간혹 번개 처럼 사만다의 뒤쪽으로 파고들어 단검을 찔러댔다. 대부분 실드의 막에 가로막혀 튕겨 나왔지만, 간혹 그 막을 뚫고 사만다의 몸에 상처를 내기도 했다.

단검의 검신에 생성된 녹색 빛의 강기! 분신이 휘두른 단검들과 달리 본신이 휘두른 단검은 강기에 휩싸여 있기에 실드의 막으로는 방어하는 데 한계가 있었다.

사만다 역시 그 사실을 잘 알고 있는 듯 카르카스의 본신이 달려들면 왼팔의 방패로 공격을 막아내거나 혹은 피해내며 동시에 검을 휘둘러 반격했다.

그녀의 주변에 시뻘건 화염의 곡선들이 생성되자 그에 휘말린 카르카스의 분신들이 두 쪽이 나서 활활 타올랐다.

촤아악!

그러던 일순 사만다의 검이 붉은 광채를 뿌렸고, 카르카스는 옆구리를 부여잡은 채 신음을 흘렸다. 녹색 피부로 이루어진 그의 옆구리 한쪽이 쩍 갈라진 채 붉게 타들어 갔다.

"크으으! 두, 두고 보자, 사만다! 다음에는 기필코 너를 쓰러뜨리겠다."

"흥! 어딜 달아나느냐?"

사만다는 곧바로 카르카스를 쫓아갔으나 불의 정령인 그녀가 바람의 정령이 가진 속도를 뒤따르기란 불가능했다. 카르카스는 순식간에 그녀의 시야에서 까마득히 멀어져 버렸다.

'으윽! 정말 힘들었어……'

사만다는 사실 간신히 버티고 있던 터였다. 카르카스를 패퇴시키긴 했지만 그녀 역시 작지 않은 부상을 입은 상태라 속히 돌아가 회복을 위한 휴식을 취해야 할 상황이었다.

그사이 화산성을 향해 몰려왔던 북부 도시의 정령들도 모두 퇴각했다.

"와아! 적들이 물러갔다!"

"호호호! 우리의 승리야!"

"카르카스가 패배했다!"

화산성의 정령들이 일제히 환호했다. 사만다도 상공에서 검을 하늘로 치켜들며 환호 대열에 합류했다.

그러나 그녀는 이내 씁쓸한 표정으로 화산성을 내려다봤다. 현재 화산성 주위에는 갖가지 색의 연기들이 피어나 사방으로 흩어지고 있었다.

그 연기들은 이번 전투에서 소멸된 정령들의 잔해였다. 물론 대부분 북부 도시의 정령들이었지만, 화산성의 정령들도 적지 않게 스러져 버렸다.

아까까지만 해도 은빛 만월의 아름다운 빛을 맞으며 사랑을 나누던 정령들 중 일부가 이제 두 번 다시 돌아올 수 없는 길로 간 것이다.

그들의 희생으로 인해 화산성이 무사할 수 있었지만, 이러한 상황이 언제까지 지속될 수 있을지는 모를 일이었다. 북부 도시는 새로 유입되는 정령들로 인해 전력이 점점 강해지고 있는 데 반해, 화산성의 전력은 오늘 희생된 정령들의 숫자만큼 약화되고 있기 때문이었다.

사만다는 한동안 음울한 눈빛으로 화산성을 내려다보다 그녀의 저택으로 돌아왔다.

"으음……!"

격전으로 인해 지친 그녀는 나직이 신음을 토하며 가쁜 숨을 몰아쉬었다. 터벅터벅 걸어 응접실로 들어오는 그녀의 몸은 얇고 깊은 녹색 빛의 상처 자국으로 가득했다.

그녀는 비틀거리며 이 층으로 올라가다 응접실의 창가에 앉아 있는 무혼을 힐끗 보며 힘없이 말했다.

"미안해요, 무혼. 난 올라가서 잠깐 쉬고 올게요. 어디 가지 말고 거기 있어요. 꼭요……."

그녀는 말을 하던 중 비틀거리더니 뒤로 넘어갔다. 갑자기 계단 아래로 쓰러져 내리는 그녀의 몸을 무혼이 번쩍 이동해 안아 들었다.

"괜찮소?"

"내가 쓰러지는 걸 받아 주다니 당신은 역시 날 많이 걱정하고 있군요."

사만다는 즐거운 미소를 지었다. 무혼은 그녀의 몸을 내려다보며 쓴웃음을 지었다. 사실 조금 전 일부러 쓰러지는 티가 팍팍 났지만 그렇다고 차마 모른 척할 수는 없었다.

"몸에 상처가 적지 않으니 치료를 하는 게 좋겠소."

"난 별다른 치료는 필요 없어요. 한동안 잠을 자고 나면 저절로 회복돼요."

"그렇다면 다행이오."

"기왕에 날 안아 들었으니 침대까지 들고 가 누여 줄래요? 실은 걷기도 힘들 만큼 지쳐 있거든요."

"알았소."

무혼은 그녀를 안고 이 층으로 올라갔다. 품에 안겨 있는 사만다의 몸으로부터 적지 않은 열기가 느껴졌다.

그 열기는 인간의 몸에서 열이 날 때의 체온과 비슷한 정도의 열기가 아니라 타는 듯한 강렬한 열기였다. 그녀는 인간이 아닌 불의 정령이다. 조금 전까지 격전을 치르며 수많은 화염을 분출했던 그녀의 몸에 열기가 없었다면 이상할 것이다.

물론 지금은 식은 상태지만 그래도 여전히 뜨거웠다. 만일 보통 사람들이었다면 이 정도의 열기만으로도 전신이 타들어 가기 충분했다.

그러나 무혼에게 있어 이 정도의 열기는 약간 미지근한 정도에 불과했다. 무혼의 신체는 이미 별다른 심법을 펼치지 않아도 이보다 수십 배 강렬한 열기나 혹은 한기라 해도 가볍게 견뎌낼 수 있는 극강지체로 변해 있기 때문이었다.

그러나 아무리 그런 무혼이라 해도 사만다가 휴식을 취하는 화염의 침대 앞에서는 멈칫하지 않을 수 없었다.

불의 정령의 침실은 당연히 인간과는 다를 것이라 예상했지만 설마 이글이글 타오르는 푸른색 화염이 가득한 곳일 줄이야.

침실 안의 열기는 특별한 결계가 펼쳐져 있는 것인지 방 바깥으로 새어 나오지 않았다. 만일 그랬다면 벌써 이 저택은 잿더미로 변해 버렸을 것이다.

"이제 됐어요. 여긴 내가 들어……."

사만다는 무혼에게 침대에 가서 누여 달라고 말했지만, 그것은 그저 무혼에게 응석을 부려 본 것일 뿐이었다. 아픈 것을 핑계로 잠시 무혼의 품에 안겨 있고 싶었기 때문이었다.

당연히 그녀는 무혼이 침실 안으로 들어가는 것은 불가능할 것이라 생각했다. 그래서 침실 앞에 도착하자 그만 품에서 내려와 그녀 스스로 걸어 들어가려고 했던 것이다.

그런데 그녀가 내려 달라는 말을 끝내기도 전에 무혼이 성큼 방 안으로 들어서 버린 것이었다.

"안 돼요! 이 안은 위험⋯⋯."

깜짝 놀라 눈을 부릅뜨는 그녀를 무혼이 씩 웃으며 내려다봤다.

"난 괜찮으니 신경 쓰지 말고 편히 쉬도록 하시오. 여기 침대 위로 내려 주면 되는 것이오?"

무혼은 침대 형상으로 이글거리는 화염 불꽃을 가리키며 물었다. 사만다가 끄덕이자 무혼은 그녀를 불꽃 위에 부드럽게 내려놓았다. 사만다는 걱정스레 물었다.

"정말 괜찮은가요?"

"후후, 괜찮소. 그냥 후덥지근한 정도일 뿐이오."

놀랍게도 무혼은 머리카락 하나도 타지 않고 멀쩡했다. 사만다는 그런 무혼을 보며 열기 어린 미소를 지었다.

"멋져요. 당신은 역시 나의 애인이 될 자격이 있어요."

무혼은 어이없어하는 표정을 지었다.

"또 그 얘기요? 아무튼 푹 쉬시오. 나는 당신이 회복되길 기다리겠소."

"고마워요, 무혼. 불의 정화는 내 몸이 회복되면 구해 줄 테니 염려 말아요. 지금은 너무 피로해서 이만 쉴게요⋯⋯."

사만다는 그 말을 끝으로 눈을 감았다. 푸른 화염이 이불처럼 그녀의 몸을 뒤덮었고, 이내 그녀는 불꽃 속에 깊이 파묻힌 채 고단한 수면으로 빠져들었다.

사만다는 불 속에서 잠을 자며 그녀의 부상을 치료하고 소진된 정령력을 회복하게 될 것이다. 그것은 물의 정령인 아르나가 하늘 호수의 깊은 물 속에서 잠을 자며 정령력을 보충하는 것과 비슷했다.

무혼은 사만다의 휴식에 방해되지 않도록 곧바로 방을 빠져나왔다.

*　　　*　　　*

잠깐이면 된다던 사만다의 회복 시간은 꽤 길어지고 있었다. 무혼이 하루를 꼬박 기다렸지만 그녀는 깨어나지 않고 여전히 잠들어 있었다.

사만다의 회복을 기다리던 중 무혼은 무료함을 참기 위해 한 가지 일을 했다. 테이블 위에는 두툼한 두루마리 한 장이 놓여 있었다.

설마 또 야서를 쓴 것인가?

물론 그렇다. 특별히 누군가 요청을 한다면 모를까 굳이 또 야서를 쓰고 싶은 생각은 동하지 않았던 무혼이었지만,

그럼에도 불구하고 그가 야서를 쓴 데는 이유가 있었다.

어제 카르카스와 사만다가 싸우는 장면을 지켜보며 그들이 가진 무공의 장단점을 무혼은 모두 파악한 터였다.

물론 정령들이 각자의 정령력을 바탕으로 본능적인 움직임을 보이는 것이라 그것을 무공이라 표현하기에는 무리가 있지만, 그래도 그것들이 일정한 형과 식을 이루고 있는 이상 무공이라 보아도 무방했다.

최상급 정령들의 몸에서 본능적으로 펼쳐지는 움직임이라 그런지 군더더기는 전혀 없었다. 사실 어떤 면에서는 완벽하다고 할 수 있었다.

그것들을 그대로 초식으로 만들어 놓으면 가히 전마폭풍검법에 버금가는 위력의 고절한 무공절학이 될 것이었다. 그들이 왜 어지간한 드래곤들을 궁지에 몰아넣을 수 있을 만큼 강한지 이해가 되는 부분이었다.

그러나 문제는 그들의 전투 방식이 너무 정직하다는 데 있었다. 심지어 분신들을 만들어 시야를 속이는 카르카스의 공격 방식도 일정한 틀에 갇혀 있었고, 그에 대응하는 사만다의 움직임도 제한적이었다.

무혼은 사만다의 움직임에 어느 정도 변형만 가해도 카르카스를 어렵지 않게 격퇴할 수 있는 방법들이 무수히 많음을 알고 있기에, 그중 두 개를 추려내 보았다.

그러나 과연 사만다가 그것들을 보고 이해할 수 있을지는 의문이었다. 그 두 초식을 펼치기 위해서는 본능적으로 발출되는 흐름 중 일부를 의식적으로 통제할 수 있어야 가능한 일이었다. 다시 말해 그녀 스스로의 고정관념을 깨뜨릴 수 있어야 했다.

일종의 깨달음의 영역에 있는 것인데 고지식한 정령들에게 그것이 어찌 쉬운 일이겠는가? 어쩌면 쓸데없는 짓을 하는 것은 아닌가 싶었지만 무혼은 그래도 혹시 모른다는 생각에 무료함도 견딜 겸 적어 본 것일 뿐이었다.

그리고 기왕에 그녀에게 도움을 주기로 작정했으니 그녀가 흥미를 가지고 접근할 수 있도록 그것을 야서 형식으로 작성했다.

화령무적애가(火靈無敵哀歌)!

제목만 들으면 누구라도 이 두루마리를 야서와 무관한 일종의 영웅 소설 비슷한 것으로 생각할 것이다. 그러나 야한 내용이 주를 이루고 있다는 점에는 틀림이 없으니 야서로 취급할 수밖에 없었다.

일단 초반은 사마니아라는 불의 정령이 고정관념에 묶여 있는 자신의 한계를 돌파하기 위해 마족들과 무수히 전투를 벌이며 새로운 검법을 깨달아 간다는 내용이었다.

그 와중에 물의 정령 아르칸을 만나게 되는데, 그와 연인이 된 이후 사마니아는 강해지는 것을 포기하고 그와 더불어 세상을 여행하며 즐겁게 살기로 한다.

달빛이 아름다울 때면 그들은 언제나 정사를 나누고 그때마다 반월칠절(半月七絕)이라는 은월삼절 못지않은 기묘무쌍한 절기들이 등장한다.

그러나 어느 날 마왕 유레스에게 아르칸이 죽임을 당하면서 아름다웠던 그들의 사랑은 조각나 버린다. 사마니아는 눈물을 흘리며 절치부심 무공을 연마, 화령이식(火靈二式)이라는 절세무공을 창안한다.

곧바로 그녀는 마왕에게 도전, 그를 무참하게 패배시킨다. 연이어 그녀를 향해 달려드는 수천의 마족들을 모조리 도륙해 버리니, 그로부터 화령무적이라는 칭호가 붙게 된다.

그러나 아무리 무적이 되었으면 무엇하리오. 연인을 잃어버린 그녀의 심정은 그 무엇으로도 위로가 되지 않는다. 사마니아는 아르칸이 좋아했던 숲의 호수를 쓸쓸히 쳐다보며 눈물을 흘리고, 그렇게 이 이야기는 끝이 난다.

이렇게 저자 무혼의 두 번째 역작이 탄생한 것이었다.

무혼은 기지개를 켜며 잠시 창문을 통해 화산성의 전경을 쳐다봤다. 평화로운 분위기였다. 오늘은 어제와 달리 평범한 오렌지빛 달이 떠올라 있었고, 달빛을 맞으며 은밀한 향연을 즐기는 정령들이 간혹 보였다.

그러나 은빛 만월이 아니어서 그런지 확실히 향연을 즐기는 정령들의 숫자는 드물 정도로 적었다. 또한 돌아다니는 정령들도 별로 없었다. 정령들 대부분이 어제 있었던 전투의 부상을 회복 중인 듯했다.

'어쩌면 꽤 오래 걸릴지도 모르겠군.'

무혼은 예전에 아르나가 차원 이동 시 입었던 충격으로 한 달 가까이 물속에서 요양을 했던 것을 떠올렸다. 물론 지금 사만다가 입은 부상이 당시 아르나만큼 심각하진 않았지만, 그래도 몸에 수십 군데의 크고 작은 부상을 입은 이상 앞으로 적어도 며칠 이상은 요양이 필요할 것이란 생각이 들었다.

'무턱대고 기다릴 게 아니라 근처를 둘러보는 게 좋겠구나.'

무혼은 사만다의 저택을 빠져나왔다. 곧바로 그의 몸은 상공으로 높이 솟아올랐고, 화산의 정상을 향해 빛살 같은 속도로 날아갔다.

파아앗—

순식간에 정상에 도착한 무혼은 아래 분화구를 향해 뛰어들었다. 용암이 이글거리며 흐르고 있었지만 무혼은 개의치 않았다.

촤아! 촤아아아!

도처에서 용암이 위로 솟구쳤다가 폭포처럼 아래로 떨어져 내렸다. 보통의 인간에게는 섬뜩하기 짝이 없는 광경이리라. 그러나 무혼에게는 신비로운 풍경 중 하나일 뿐이었다.

'멋지군.'

어째서 이토록 아름다운 기경들이 보통의 인간들에게는 숨겨져 있는 것일까? 어쩌면 인간의 한계를 초월한 이들에게만 주어지는 신의 선물인지도 모른다.

무혼은 잠시 용암들이 이루는 절경들을 감상하다 주위를 두리번거리며 뭔가를 찾았다.

'불의 정화가 있을 법한 곳은 여기 외에는 없을 텐데 말이야.'

그것이 구체적으로 어떤 모양을 가진 것인지는 모르지만, 왠지 보면 알아볼 수 있을 듯해서 용암 위를 샅샅이 뒤져 보고 있는 것이었다. 어찌 보면 무식한 방법이긴 하지만 그래도 가장 확실한 방법일 수도 있으니까.

드드드드.

그런데 그 순간 무혼이 서 있는 근처의 용암들이 세차게 흔들렸다. 흠칫 놀란 무혼이 뒤로 훌쩍 물러나자 용암들이 대거 위로 솟구쳤다.

촤아아아!

그런데 그것들은 보통의 용암들처럼 솟구쳤다 다시 떨어져 내리는 것이 아니라 하나의 거대한 맹수 형상을 이루고 있는 것이었다.

'저건 또 뭐냐?'

믿을 수 없게도 용암 맹수로부터 드래곤 로드 푸르카를 훨씬 능가하는 가공할 기세가 뿜어져 나왔다. 깜짝 놀란 무혼은 아공간에서 롱소드를 소환했다.

'설마 불의 정령왕이라도 되는 건가?'

최상급 불의 정령인 사만다와는 비교도 할 수 없이 강력한 기세를 가진 정령이라면 필시 불의 정령왕 외에는 없을 것이다.

그러나 무혼이 사만다의 저택 거실에서 봤던 불의 정령왕 나룬의 얼굴은 결코 저와 같지 않았다. 그렇다면 불의 정령왕이 아닌 다른 존재라는 말이었다.

"무혼, 빨리 이쪽으로 올라와요. 빨리요."

목소리는 뒤에 들려왔다. 다름 아닌 사만다였다. 그녀의 다급한 음성에 무혼은 훌쩍 신형을 날려 분화구 위쪽의 그녀가 있는 곳에 내려섰다.

"저 녀석은 대체 뭐요? 그보다 몸은 좀 괜찮소?"

"포티아라고 해요. 지금은 아니지만 한때 불의 정령왕

나룬의 가디언이었죠."

그녀는 어제에 비해 한결 몸이 가벼워 보였지만 여전히 몸에 입은 깊숙한 상처들은 사라지지 않고 남아 있었다.

사실 그녀는 좀 더 요양을 했어야 하지만, 무혼이 혼자서 이곳에 올라가자 놀라 황급히 달려온 것이었다. 그녀는 원망스러운 눈빛으로 무혼을 쳐다봤다.

"대체 뭐가 그리 급해요? 날 믿고 기다려 줬으면 좋았잖아요. 포티아가 깨어났으니 이제 불의 정화를 얻기란 불가능해졌다고요."

무혼은 머쓱해진 표정으로 물었다.

"저 녀석이 불의 정화와 관련이 있소?"

"불의 정화는 포티아의 간식과 같은 것이에요."

이곳 분화구의 용암 호수 속에는 일 년에 한두 개 정도 드물게 불의 정화가 생성된다고 했다. 불의 정화는 정령석의 수십 배 크기인 노란색 돌이며 환하게 타오르고 있다고 했다.

"포티아는 보통 잠들어 있지만 어쩌다 한 번 깨어나 그동안 생성된 불의 정화들을 맛있게 먹고 다시 잠들죠. 따라서 불의 정화를 얻으려면 포티아가 깨어나기 전에 몰래 해야 했어요."

"그런 것이었군."

무혼이 쓴웃음을 지었다. 사만다가 말을 이었다.

"그런데 그 또한 쉽지 않아요. 불의 정화는 용암 깊숙이 가라앉아 있기 때문에 잘 뒤져 봐야 하거든요. 이는 나와 같은 불의 정령만이 가능한 일이죠. 내가 나서도 며칠 이상 걸리는 고된 작업이고요. 불의 정령이 아닌 다른 존재가 들어오면 포티아는 그 즉시 깨어나 버리고 매우 포악해진답니다."

"음, 그렇다면 진작 얘기를 좀 해 주지 그랬소?"

무혼의 말에 사만다는 어이가 없는 듯 코웃음을 날렸다.

"나는 설마 당신이 이곳 분화구에 뛰어들 거라고는 상상도 못 했으니까요. 흥! 지금 나를 원망하는 건가요?"

"그럴 리가 있겠소? 그런데 이제 저 녀석이 용암 속에 들어 있는 불의 정화를 찾아 먹어 버리면 꼼짝 없이 일 년 정도를 더 기다려야 한다는 얘기요?"

"그것도 불분명해요. 지금처럼 누군가 침입을 하게 되면 포티아는 경계해서 쉽게 잠을 자지 않을 테니까요. 몇 년이 아니라 몇 백 년이라도 깨어 있을 수도 있어요."

"욕심 많은 녀석이군. 그냥 하나 정도는 양보해도 될 텐데 말이오."

"욕심뿐 아니라 성질도 아주 포악하죠. 나룬의 가디언 중 가장 사나웠으니까요."

"근데 왜 하필 여기에 와 있는 것이오?"

그러자 사만다는 씁쓸히 웃었다.

"포티아는 사실 아득히 오래전 나룬이 나와 헤어질 때 이별 선물로 준 가디언이었죠."

"나룬의 선물?"

"결코 내키지 않은 선물이라 거절했지만, 그는 매우 제멋대로라 강제로 떠맡기고 갔어요. 홍! 선물은 개뿔! 그는 자신의 가디언 중 가장 골칫덩이였던 포티아를 좋은 기회라 여겨 추방한 것이었죠. 이별을 선언한 나에 대한 속 좁은 보복이기도 했고요. 나보고 어디 골치 좀 썩어 봐라 하는 마음이었겠죠."

헤어지는 연인에게 이별 선물이라며 포악한 가디언을 떠맡기다니. 무혼은 불의 정령왕의 성격을 짐작할 만했다.

"그래도 이유야 어쨌든 선물로 받았으니 포티아는 당신의 가디언이 아니오?"

"천만에요. 포티아는 처음부터 자신보다 약한 나를 주인으로 인정할 수 없다며 못마땅하게 생각하고 제멋대로 굴기 시작했죠. 그러더니 결국은 이곳에 자리 잡아 불의 정화를 독식하고 있어요. 원래 이 분화구는 나의 정원이었고, 불의 정화는 나의 간식이었지만 포티아에게 빼앗긴 것이죠."

"쯧! 그러면 한소리 해서 정신을 차리게 해 주어야지 그걸 그냥 두고 봤다는 말이오?"

"미쳤어요? 그랬다간 나 또한 포티아의 영양 좋은 간식 거리로 전락해 살아 있지도 못했을걸요. 포티아는 필리우스나 푸르카도 감히 건드릴 생각도 못 했다고요."

그 말에 무혼은 문득 물었다.

"그러고 보니 필리우스와 푸르카도 이곳에 온 적이 있소?"

"물론이죠. 그렇지 않았다면 그들이 어떻게 나의 애인이 되었을까요?"

사만다는 당연하다는 듯 말했다. 순간 무혼은 그들이 어떤 식으로 이곳 정령의 땅에 들어왔는지 궁금하지 않을 수 없었다. 무혼은 네르옹이 남긴 요리 비법을 통해 정령석을 먹은 후에야 정령의 숲 외부 결계를 통과했지만 말이다.

"그런데 그들은 어떻게 이곳에 들어올 수 있었소?"

그러자 사만다가 오히려 기막힌 표정을 지었다.

"왜 내게 그것을 묻는 것이죠? 당신도 그 틈을 통해 들어온 것 아니었나요?"

"틈이라니, 무슨 틈을 말하는 거요?"

"정령의 숲 결계의 은밀한 틈 말이에요. 천 년 전 필리우스가 그 틈을 우연히 발견해 당시 그의 친구였던 푸르카와 함께 이곳에 방문했었죠."

"정말로 틈이 있다는 말이오?"

무혼은 뜻밖의 사실에 놀랐다. 정령의 숲에 외부로 통하는 은밀한 틈이 존재하고 있었다니.

실피를 비롯한 하급 정령들의 막연한 망상에 불과하리라 생각했었는데 설마 사실이었을 줄이야. 대체 필리우스는 어떻게 그것을 찾아냈을까?

그런데 그 순간 사만다 역시 무혼의 말에 놀라고 있었다. 그녀는 인간인 무혼이 정령의 땅에 들어온 이상 당연히 그 은밀한 틈을 알고 있으리라 생각했던 것이다.

"그럼 당신은 대체 어떻게 들어왔어요?"

"나는 나대로 방법이 있소. 그보다 지금은 저 건방진 녀석의 버릇을 고치는 게 우선일 듯하오. 녀석이 불의 정화를 다 먹어치우기 전에 말이오."

무혼은 의미심장한 미소를 지으며 분화구 아래쪽 용암 속을 누비는 포티아를 가리켰다. 사만다가 펄쩍 뛰었다.

"설마 포티아와 싸울 생각은 아니겠죠?"

"다른 방법은 없지 않소."

"미쳤군요. 지금 제정신인가요?"

"내 정신은 멀쩡하니 염려 마시오. 아무튼 여기서 구경만 하고 계시오. 금방 다녀올 테니."

"안 돼요, 무혼!"

사만다가 말리려 했지만 무혼은 이미 포티아의 전면에 바람처럼 내려서 있었다.

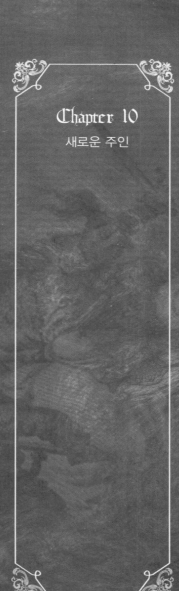

Chapter 10
새로운 주인

좌아아! 좌아아아아!

포티아는 정신없이 뛰어다니며 용암을 마구 파헤쳤다.
앞발로 용암을 파헤치자 시뻘건 용암들이 사방으로 튀어
올랐고 그중 일부는 분화구 바깥으로 튀어 나가 화산 아래
로 떨어지기도 했다.

좌아! 좌아아!

그렇게 한참을 파헤쳤을까? 포티아는 노랗게 타오르는
큼직한 돌을 찾아내고 기쁜 포효를 날렸다.

크아아아아!

노란 화염에 휩싸인 돌.

그것은 물론 불의 정화였다. 입을 쩍 벌려 그것을 집어 삼키려던 포티아는 갑자기 눈앞이 허전해진 것을 발견하고 깜짝 놀랐다.

앞발로 집어 들었던 불의 정화가 눈앞에서 사라진 것이 아닌가?

'감히!'

고개를 홱 돌려 오른쪽을 바라본 포티아는 한 인간 청년이 불의 정화를 손에 쥐고 있는 모습을 발견했다.

포티아는 도무지 믿을 수 없었다. 어찌 하찮은 인간 따위가 자신의 수중에 있던 불의 정화를 채갈 수 있다는 말인가?

그는 물론 처음부터 이곳에 인간이 나타난 것을 알고 있었다. 대체 인간이 어찌 이곳에 나타났는지 실로 의문이었고, 놈이 어찌 이 이글거리는 용암 위에서 멀쩡할 수 있는지도 심히 의문이었지만, 그보다 중요한 일이 있어 짐짓 모른 체했을 뿐이다.

포티아에게 중요한 일은 바로 불의 정화를 먹는 것!

모든 의문들은 불의 정화를 먹고 난 이후에 푸는 게 좋으리라. 따라서 그는 인간이라는 거슬리는 존재를 무시한 채 불의 정화를 찾는 데 집중했다.

그러나 하찮게 보았던 그 인간이 그의 수중에 있던 불의 정화를 가로채 버리자 포티아는 극도의 분노에 휩싸이고 말았다.

화악!

포티아의 두 눈에서 태양 같은 불꽃이 번쩍였다.

"인간이여! 지금 네가 무슨 짓을 했는지 알고 있느냐?"

"오! 말을 할 줄 알았나? 그런 줄 알았다면 대화로 해결할걸 그랬군."

"대화라? 어디 말해 봐라."

"별거 아니야. 내게 이걸 하나 양보하라는 것이지."

"양보? 불의 정화를 말인가?"

"엄밀히 말하면 양보라고 할 수 없겠군. 나는 원주인의 허락을 받아 이걸 취하러 온 것이니까. 이 분화구는 본래 사만다의 정원이었던 걸 잊진 않았겠지?"

무혼은 노랗게 타오르는 불의 정화를 왼손으로 빙그르 돌리며 말했다. 그러자 포티아는 기가 막혀 미칠 지경이었다.

"인간! 너는 내가 누군지 알고는 있느냐?"

"너는 포티아. 한때는 불의 정령왕 나룬의 가디언이었지만 지금은 불의 정령 사만다의 가디언이 되었지. 그런데 주인에게 복종하기는커녕 오히려 주인의 정원을 빼앗고 거기서 나는 소산을 독식하고 있다."

"큭! 어디서 주워들었는지 모르지만 나는 그따위 약해 빠진 불의 정령의 가디언이 된 적 없다. 나룬 님이 나를 버린 이후 나는 그 누구에게도 구속될 생각이 없으니까."

그 말을 들은 무혼의 두 눈이 커졌다. 이내 그의 입가에 미소가 맺혔다.

"그 누구에게도 구속되지 않는다라. 의외로 아주 훌륭한 생각을 가지고 있었군."

"무슨 헛소리냐?"

"그 누구에게도 구속되지 않겠다는 그 생각! 나는 바로 너의 그 생각을 존중한다."

"큭큭! 그것은 당연한 것 아니겠느냐? 나는 나보다 강한 자가 아니라면 절대 복종하지 않는다. 다시 말해 사만다는 나의 주인이 될 자격이 없다는 것이다."

그 말에 무혼은 고개를 끄덕였다.

"그것이 너의 방침이라면 존중해 주마. 그런데 너는 왜 그녀의 정원을 빼앗았지?"

그러자 포티아는 키득거렸다.

"크크! 힘 있는 자가 힘없는 자의 것을 빼앗는 것은 당연한 것 아니냐? 그나마 옛 주인 나룬 님의 얼굴을 보아 사만다를 살려 두었을 뿐이지, 그렇지 않았다면 사만다뿐 아니라 툭 하면 시끄럽게 구는 화산성의 정령들도 모조리 죽여 버렸을 것이다."

무혼이 포티아를 싸늘히 노려봤다.

"지금 힘 있는 자가 힘없는 자의 모든 것을 취하는 것이 당연하다 했나? 그게 너의 논리라면 내가 너의 것을 강제로 취해도 상관없겠군."

"큭! 가소로운 인간 놈! 설마 너는 네가 나보다 강하다고 생각하고 있는 것이냐?"

무혼은 비릿한 미소를 머금고 말했다.

"마지막으로 경고하지. 네가 스스로 자유롭기를 원한다면 이제 이곳을 원주인에게 돌려주고 떠나라. 어차피 그녀는 너와 같은 가디언을 원하지 않고 있으니 여기서 너를 구속할 자는 아무도 없다."

포티아의 두 눈에서 붉은 광망이 번뜩였다.

"큭큭큭! 큭큭큭큭큭큭! 듣자 듣자 하니 정말 가소롭구나. 나 포티아가 맹세컨대 너를 죽이고, 감히 너 따위 인간을 보내 나를 분노케 한 사만다도 죽여 버리겠다. 으득! 또한 이곳 정령의 숲에 속한 모든 정령들도 모조리 내 손에 죽게 될 것이다. 그뿐인 줄 아느냐? 하찮은 인간 네놈이 속한 세계의 모든 것을 태워 버리겠다. 그것이 나를 분노케 한 대가다."

"정녕 어리석군. 스스로 자유롭게 될 기회를 박차 버리는 것인가?"

무혼은 씁쓸히 웃으며 왼손에 들고 있던 불의 정화를 아공간으로 입고시켰다. 아공간의 특성상 불타오르는 불의 정화를 집어넣는다 해서 그것이 다른 물건들에 영향을 끼치지는 않는다. 불의 정화는 지금 상태 그대로 보관되어 있을 것이다.

무혼의 손에서 불의 정화가 사라지자 포티아의 두 눈에 시뻘건 화염광이 번뜩였다. 그는 진정으로 분노한 상태였다.

"크크큭! 가소로운 인간이여! 나는 너 따위 인간이 감히 대적할 수 없는 지고한 존재임을 깨달으라. 이제 너의 영혼조차도 흔적도 없이 태워 버리겠다. 종말을 받으라, 하찮은 인간이여!"

그 말과 함께 포티아의 입에서 가공할 화염의 폭풍이 쏟아져 나왔다.

후우우우우— 화르르르륵!

포티아의 입에서 쏟아져 나오는 열기는 드래곤 로드 푸르카가 브림스톤 익스플로전이라는 화염 속성의 궁극 마법을 펼쳤을 때의 위력을 능가했다. 끝도 없이 쏟아져 나오는 화염의 폭풍은 분화구를 휘돌다 상공으로 치솟았다.

흡사 화산이 폭발하는 것처럼 분화구 위로 시뻘건 불길과 함께 검은 구름이 쏟아져 나왔다.

촤아아아!

분화구 위에서 그 장면을 지켜보던 사만다의 안색이 딱딱하게 굳어졌다. 이러다 정말로 화산이 폭발할 수도 있었다.

'아, 큰일이야. 이를 어째?'

물론 화산이 폭발한다 해도 불의 정령인 사만다가 걱정할 일은 없었다. 심지어 지금 포티아가 발출한 가공할 화염의 폭풍도 사만다에게는 오히려 보약과 같은 기운일 뿐이니까.

그러나 화산성은 그렇지 못하다. 자칫하면 화산성은 폭발의 여파로 무참히 파괴되어 버릴 수도 있었다.

그리고 사만다가 진정으로 두려워하는 것은 분화구 속에 있던 포티아가 튀어나와 그의 분노를 분출하는 것이었다. 포티아가 작정하면 사만다는 제대로 저항도 못 하고 잡아먹힐 것이다. 화산성의 정령들 또한 마찬가지였다.

거기서 끝이 아니다. 포티아는 그의 분노가 풀릴 때까지 미친 듯 질주하며 눈에 보이는 모든 것들을 다 태우거나 파괴해 버릴 것이다. 북부 도시 또한 화산성과 같은 종말을 맞이하게 될 것이 분명했다.

게다가 포티아는 어쩌면 정령의 숲 밖으로 뛰어나가 이로이다 대륙을 휘저어 버릴지도 모른다. 포티아의 성격상 이로이다 대륙에 존재하는 모든 인간이나 몬스터들을 죽여 없애고도 남았다.

자칫하면 지상 최대의 재앙이 벌어질 수도 있다는 생각에 사만다는 울고 싶은 심정이었다.

'흑! 내가 못살아. 저 대책 없는 인간이 어쩌자고 포티아를 건드린 거야…….'

그러나 이미 사태는 벌어졌다. 무혼이 그가 장담한 대로 포티아를 제압하지 못하면 끝장이었다. 그런데 그녀가 생각하기에 무혼이 포티아를 제압한다는 것은 꿈에서라도 불가능한 일이었다.

그녀의 옛 애인들이었던 정령왕들이나 마왕 유레아즈가 혹 나타난다면 모를까 그들 외에는 포티아를 막을 존재란 없기 때문이었다.

이렇게 무혼이라는 한 대책 없는 인간으로 인해 정령의 숲뿐 아니라 이로이다 대륙까지 종말을 맞이할 위기에 처하고 만 것이었다.

그러나 사만다의 우려와는 달리 분화구 아래의 상황은 전혀 뜻밖으로 펼쳐져 있었다.

콰아아앙!

입을 벌려 미친 듯이 화염의 폭풍을 분출하던 포티아는 갑자기 거대한 폭음과 함께 자신의 하체가 허전해진 느낌에 깜짝 놀라고 말았다.

하체로 뭔가가 파고드는 화끈한 통증이 있다 싶은 순간 그것이 폭발했고 동시에 그의 하반신이 통째로 사라져 버린 것이었다.

'크으으! 이, 이런……'

곧바로 포티아의 입에서 쏟아져 나오던 화염의 폭풍이 바람 앞에 촛불이 꺼지듯 순식간에 소멸되어 버렸다.

거기서 끝이 아니었다.

푹! 푸욱!

두 번의 화끈한 통증에 포티아의 몸이 떨렸다. 믿을 수 없게도 찬란한 극강기(極罡氣)의 광채에 휩싸인 검들이 포티아의 왼쪽 가슴과 오른쪽 가슴 깊숙한 곳을 향해 서서히 파고들고 있었다.

포티아는 비로소 자신의 하체가 날아간 이유를 깨달았다. 보통의 강기도 아닌 극강기를 만들어 내는 인간이 있다니.

그런데 그 정도라면 포티아가 얼마든 견딜 수 있다. 문제는 그 극강기를 폭발시켜 수백 배의 파괴력을 냈다는 것이었다. 그 앞에서는 아무리 단단한 포티아의 몸체라 해도 견뎌낼 재간이 없었다.

'끄으으! 이건 말도 안 된다……!'

이러다 만일 심장 주위에서 극강기가 폭발한다면 끝장이 아닌가? 그런데 그러한 우려가 현실로 드러났다. 쾅, 소리와 함께 포티아의 오른쪽 가슴이 통째로 사라져 버린 것이다.

"꾸아아아악!"

포티아는 비명을 질렀다. 설마 했지만 정말로 오른쪽 가슴이 부서져 버릴 줄이야. 포티아는 심장이 박살 난 고통에 울부짖었다.

"꾸아아아아악!"

포티아가 가진 힘의 근원은 양쪽 가슴에 각각 존재하는 두 개의 심장으로부터 나온다. 그 두 개의 심장들 중 하나만 멀쩡해도 그는 온전한 상태로 부활할 수 있었다. 시간은 걸리겠지만 요양만 잘하면 부서진 다른 심장도 다시 만들 수 있었다.

그러나 두 개의 심장이 모두 부서지면 그 즉시 그는 모든 힘을 잃고 영원히 소멸하게 된다. 정령들이 흔히 생을 마감하는 모습처럼 한 줄기 연기가 되어 우주의 저편으로 사라져 버릴 것이다.

그래서일까? 포티아는 지금껏 한 번도 생각해 본 적 없는 죽음을 떠올리며 극도의 공포감에 빠져들었다.

"크으으으! 안 돼! 제발! 사…… 살려 줘!"

포티아는 간절한 표정으로 무혼을 쳐다봤다. 그러나 무혼은 무심한 눈빛으로 그를 쏘아볼 뿐이었다. 냉혹하기 그지없는 그의 눈빛에는 포티아를 향해 그 어떤 동정도 베풀지 않겠다는 의지가 가득했다.

"크으으으! 살려 줘! 제, 제발 살려 줘라! 뭐든 시키는 대로 할 테니……."

"시끄럽군. 계속 지껄이면 왼쪽 심장도 마저 박살 난다."

"크헙!"

포티아는 황급히 입을 다물었다. 섬광처럼 번뜩이는 무혼의 두 눈과 마주친 순간 포티아는 덜덜 떨며 재빨리 눈을 내리깔았다.

'크으으으!'

머리와 왼쪽 가슴만 남은 상태지만 포티아는 아직 건재했다. 그의 몸은 허공에 떠 있었고 그의 자세는 흐트러지지 않았다. 작정하면 얼마든지 반격도 할 수 있었다.

그러나 그는 감히 반격할 꿈도 꾸지 못했다. 두려움에 몸을 떨고 있을 뿐이었다.

부르르르.

두려움 속에서도 포티아는 도무지 이 상황을 이해할 수가 없었다.

'크으으으! 대체 이자는 누구란 말인가? 어찌 인간이 이토록 무서운 능력을 가지고 있는 건가?'

포티아는 자신의 옛 주인이었던 불의 정령왕 나룬에게서도 이토록 두려운 감정을 느껴 본 적 없었다. 심지어 몇 번 마주쳤던 마왕 유레아즈에게서도 이와 같은 위축감을 느껴 본 적이 없었다.

죽었다 깨어나도 대항할 수 없는 절대적 존재 앞에서나 느껴질 법한 극도의 위축감!

그런데 그러한 위축감이 드는 순간 포티아의 두 눈에 돌연 두려움이 아닌 희열의 빛이 번뜩였다. 죽어 있던 그의 눈빛에 생기가 돌며 입가에 미소가 맺혔다.

'큭! 그렇군. 내가 드디어 새로운 주인을 찾은 건가?'

아득히 오래전 주인에게 버려진 이후 포티아는 새로운 주인을 찾고 있었다. 억지로 떠맡겨지듯 생겨난 주인 사만다는 그가 인정할 수 있는 주인이 아니었다.

포티아는 자신을 굴종시킬 수 있는 절대적인 강자가 아니면 주인으로 섬길 수 없는 본성을 가지고 있다. 그것은 그가 그렇게 태어났기 때문이고, 절대 변할 수 없는 그의 본성이었다.

나룬이 그것을 알고 있으면서도 사만다의 가디언이 되라며 포티아를 추방한 것은, 두고두고 사만다가 포티아에게 괴롭힘을 당하게 하기 위함이었을 것이다.

그래서 포티아는 사만다의 정원을 빼앗았고, 그녀가 가장 좋아하는 불의 정화를 빼앗아 먹었다.

그러나 포티아의 마음속에는 자신을 굴종시키고 지배해주는 새로운 주인이 나타나길 원하는 갈망이 가득했다. 그 또한 그가 태어나면서부터 부여된 그의 본성이었다.

그리고 정말로 아득한 세월의 기다림 끝에 그의 새 주인이 나타난 것이었다. 포티아는 자신의 새 주인을 향해 자신이 할 수 있는 최고의 애교를 피우기로 결심했다.

오직 그것만이 새 주인의 분노를 잠재울 수 있으리라.

곧바로 포티아의 몸체가 줄어들기 시작했다. 머리와 왼쪽 가슴만 해도 무혼보다 수십 배 이상 거대했던 포티아의 몸체는 순식간에 무혼의 무릎 아래까지 작아졌다.

그렇게 작아지는 순간 그의 왼쪽 심장에 박혔던 롱소드가 바닥으로 떨어져 내렸고 부서졌던 그의 몸체는 복원되었다. 포티아는 붉은 줄무늬의 윤기 나는 털을 가진 자그만 고양이로 변해 있었다. 물론 그 털은 용암의 열기에 아무런 영향도 받지 않았다.

'뭐야? 이 녀석은?'

무혼이 어이없어하는 표정으로 쳐다보자 곧바로 포티아가 꼬리를 홱 올려치며 다가오는 것이었다. 그러고는 무혼의 발에 머리를 비비며 울었다.

"냐아앙!"

"……."

"냐아?"

무혼이 반응이 없자 포티아는 눈치를 보며 계속 무혼의 발에 보드라운 머리를 비벼댔다. 곧바로 쭈그려 앉아 포티아를 노려보는 무혼의 표정이 험상궂게 변했다.

"지금 뭐 하자는 거지? 이런다고 내가 널 살려 줄 것 같으냐?"

그러자 포티아는 앞발을 가지런히 모으고 고개를 들어 초롱초롱한 눈빛으로 무혼을 쳐다봤다.

"당신은 나의 새 주인이 될 자격이 있다. 부…… 부디 나를 가디언으로 받아 줘라."

"나의 가디언이 되겠다고?"

"매……맹세한다. 당신이 나를 버리지 않는 한 나는 당신의 영원한 가디언이 되겠다."

그 말에 무혼은 살짝 미간을 찌푸렸다.

"아까 너는 누구에게도 구속되고 싶지 않다고 하지 않았느냐?"

"그…… 그렇지 않다. 그 말은 나보다 약한 자에게는 구속되지 않는다는 뜻이었다. 나는 가디언이 되기 위해 태어난 존재! 가디언이 되는 것이야말로 내 삶의 목적이고 즐거움이다."

"흠."

"다…… 당신은 인간이지만 나보다 강하다. 따라서 나를 지배할 수 있다. 부디 나를 받아 줘라."

무혼은 곤란한 표정을 지었다

'이런 포악한 녀석을 가디언으로 둔다면 골치 썩일 일이 분명 있을 텐데, 차라리 그냥 죽여 없애 버리는 게 낫지 않을까?'

포티아의 전투력은 드래곤 로드 푸르카를 훨씬 능가할 정도다. 만일 무혼이 얼마 전 심검의 경지에 올라서지 못했다면 지금처럼 포티아를 제압하기란 불가능했을 것이다.

그런데 조금 전 보았듯이 포티아의 성질은 난폭하기 이를 데 없었다. 지금은 살아남기 위해 꼬리를 치지만 장차 어떤 말썽을 부릴지 모를 일이었다. 섣불리 받아들였다가 장차 포티아로 인해 애꿎은 희생자들이 나올 수도 있는 것이다.

무혼의 눈빛은 차가워졌고 포티아는 불안한 듯 눈치를

봤다. 무혼에게서 다시 가공할 살기가 느껴지자 포티아는 자신이 이제 정말 죽을지도 모른다는 절망감과 두려움에 몸을 웅크린 채 덜덜 떨었다.

한편 그때 사만다는 분화구 위에서 두 눈이 휘둥그레진 채로 그 상황을 지켜보고 있었다.

그녀는 무혼이 설마 포티아를 가볍게 제압할 정도로 강할 줄은 상상도 못했다. 아래서 벌어진 상황은 그야말로 기절초풍하고도 남을 만큼 엄청난 일이었다.

'믿을 수 없어. 어떻게 인간이 저런 엄청난 능력을?'

무혼은 놀랍게도 그녀의 옛 애인들이었던 정령왕들이나 마왕 유레아즈와 흡사한 기도를 내보이고 있었던 것이다.

그러나 지금은 멍하니 놀라고 있을 때가 아니었다. 무혼에게서 피어오르는 살기가 포티아를 향해 있음을 알게 된 사만다는 다급히 아래로 내려와 외쳤다.

"무혼, 포티아를 받아 주세요. 그는 가디언이 되어야 그나마 온순해져요. 오직 당신만이 그를 다스릴 수 있어요. 놔두면 어떤 무서운 일을 벌일지 모른다고요."

"지금 나보고 이 골치 아픈 녀석을 받아 주라는 말이오? 놔줬을 때 무슨 짓을 할지 모른다면 차라리 세상에 해를 끼치지 않도록 죽여 없애는 게 좋지 않겠소?"

그러자 포티아가 한없이 처량맞은 표정으로 무혼을 쳐

다보며 말했다.

"가…… 가디언은 주인이 원하지 않는 일을 절대 하지 않는다. 말을 잘 들을 테니 날 받아 줘라."

사만다가 거들었다.

"저 말은 사실이에요. 포티아는 가디언이 되면 당신의 말에 절대 복종할 거예요."

그녀가 이렇게 말하는 데는 사실 이유가 있었다. 솔직히 오랜 세월 동안 그녀의 정원을 빼앗고 그녀를 괴롭혀 왔던 포티아를 그녀라고 어찌 찢어 죽이고 싶지 않겠는가.

그러나 만일 무혼이 지금 포티아를 죽이면 자칫 불의 정령왕 나룬의 보복을 받을 우려가 있었다.

나룬은 포티아를 자신의 가디언에서 추방했지만, 포티아가 죽는다면 그것을 핑계로 사만다와 무혼을 죽이려 할 것이 분명했다.

'틀림없어. 그는 그러고도 남을 자야.'

그녀는 무혼이 비록 나룬과 흡사한 기도를 보여 주었다 하지만, 그렇다 해도 정령계의 지배자 중 하나인 불의 정령왕 나룬을 상대하는 건 불가능하다고 생각했다. 더구나 나룬에게는 수많은 가디언과 무수한 정령 군단이 있지 않은가. 무혼이 나룬과 맞서는 건 무모한 짓이었다.

그러나 포티아가 무혼의 가디언이 되어 버린다면 나룬

이 간섭할 여지는 사라지게 된다. 그래서 다급히 무혼에게 포티아를 가디언으로 받아 주라 말한 것이었다.

그렇게 그녀가 포티아를 좋게 말해 주자 그것이 포티아에게는 매우 고맙게 여겨졌다. 포티아는 사만다를 향해 한없이 호의 어린 눈빛을 보냈다.

'고마워, 사만다. 오늘 일은 잊지 않겠다.'

'흥! 알고 있다니 다행이구나.'

'이제부터 이 정원은 네 것이다. 나는 두 번 다시 너의 것에 손대지 않겠다.'

'흥! 아주 눈물 나게 고맙구나.'

사실 사만다는 정말로 눈물이 날 것 같았다. 아득히 오래전부터 그녀의 따뜻한 보금자리였던 이 분화구를 드디어 돌려받게 되었으니 그 감회는 이루 말하기 힘들었다.

그때 무혼이 잠시의 침묵을 깨고는 고개를 끄덕였다.

"좋다. 일단은 가디언으로 받아 주지. 그러나 혹시라도 허튼짓을 하거나 허락 없이 말썽을 피운다면 용서하지 않겠다."

그러자 조금 전까지 처량맞을 정도로 침울해 있었던 포티아의 표정이 환하게 변했다.

"고…… 고맙다. 이…… 이제부터 당신은 나의 주인이다."

포티아는 그 말과 함께 무혼의 발에 슥 머리를 비볐다.

"냐아앙!"

"관두지그래. 누가 보면 진짜 고양이인 줄 알겠군. 그리고 불쌍한 척 말을 더듬지 마라. 일부러 그러는 거 다 알고 있으니까. 어쨌든 이제 불의 정화를 구했으니 여기서 볼일은 끝났군."

무혼이 못마땅한 표정으로 말한 후 훌쩍 날아 분화구 위로 올라가 버리자 포티아는 머쓱한 듯 앞발로 머리를 긁었다. 실은 무혼의 말대로 일부러 최대한 불쌍하게 보이려고 말을 더듬은 것이 사실이었던 것이다.

'쳇! 정말 눈치도 빠른 주인이군.'

포티아는 고개를 두리번거리다 슬쩍 사만다를 향해 다가갔다. 그러고는 그녀의 발에 보드라운 머리를 비볐다.

"냐앙?"

"뭐 하는 짓이야?"

사만다가 놀라자 포티아가 헤죽 웃었다.

"도와줘서 고맙다는 표시다."

"그럼 말로 하면 되지 머리는 왜 비비는 거야."

"친근함의 표시다. 냐앙!"

포티아는 다시 머리를 비볐다. 사만다는 코웃음 쳤다.

"흥! 됐거든. 누가 보면 우리가 엄청 친한 줄 알겠구나."

그녀는 포티아의 머리를 슥 누르듯 한 번 문질러 주고는 분화구 위로 날아올랐다. 그러자 무혼이 기다렸다는 듯 사만다를 보며 말했다.

"그동안 여러모로 고마웠소, 사만다."

"설마 지금 바로 떠날 생각인가요?"

"그렇소."

무혼이 당연하다는 듯 고개를 끄덕이자 사만다는 기막힌 표정으로 무혼을 쳐다봤다.

"당신은 나에 대한 아주 작은 미련조차도 없나 보군요."

"없소."

사만다가 입술을 깨물었다.

"그럼 가세요. 붙잡지는 않을 거니까."

"응접실의 테이블 위에 작은 선물을 남겨놨는데 도움이 될지는 모르겠소."

"고마워요. 잘 간직할게요."

"그럼 이만 가보겠소."

무혼이 고개를 끄덕이고 신형을 돌리자 사만다의 두 눈에 물기가 차올랐다.

"무혼! 당신에게 화산성은 언제든 열려 있어요. 혹시라도 생각나면 오세요."

그럴 일은 없을 것이다. 그러나 무혼은 마지막까지 그녀의 가슴에 매정한 못을 박고 싶지는 않아 살짝 고개를 끄덕여 주었다.

"알았소."

그 말과 함께 무혼의 신형은 북쪽 상공으로 사라져 버렸다.

"으흑!"

비로소 눈물을 뿌리며 오열하는 사만다를 향해 어느새 분화구 위로 올라온 포티아가 측은한 표정을 보이며 말했다.

"냐앙! 바보 같군. 왜 하필 저런 무정한 인간을 좋아하는 것이냐?"

"닥쳐! 너에게 동정 받고 싶지 않으니 그만 꺼져 줄래?"

"쳇! 남아 있으라고 해도 어차피 난 갈 거다. 가디언은 주인을 따라가야 된다."

"흥! 그럼 어서 사라지라고!"

사만다가 노려보자 포티아는 잠시 고민하는 듯하더니 조막만 한 손으로 큼직한 뭔가를 하나 건넸다.

"옜다."

"이건?"

사만다가 받아보니 노랗게 타오르는 돌이었다. 다름 아

닌 불의 정화였다. 사만다가 놀라자 포티아가 짐짓 의젓한
표정을 지으며 말했다.

"운 좋게 방금 전 하나 발견했지. 나중에 먹으려고 꿍쳐
두려 했는데, 쳇! 네가 너무 불쌍해 보여 큰 맘 먹고 주는
거다."

"정말 이걸 내게 주는 거야?"

사만다는 선뜻 받았다. 불의 정령인 그녀에게 불의 정화
는 매우 좋은 음식이었다. 먹으면 원기도 회복되고 기분도
좋아진다.

"고마워. 잘 먹을게."

"냐아앙!"

포티아는 귀엽게 한 번 울고는 훌쩍 상공으로 날아올랐
다. 곧바로 그의 몸은 마치 빛살처럼 무혼이 사라진 방향
으로 쏘아져 나아갔고, 순식간에 시야에서 사라져 버렸다.

Chapter 11
정령들의 화려한 술집

　　정령의 숲 북부 도시.

　　시끌벅적. 와글와글.

　　도시는 여전히 수많은 정령들로 북적댔다. 사만다가 있
는 화산성을 떠나 북부 정령의 도시에 도착한 무혼은 곧바
로 광장으로 이동해 포르티의 아지트 카페를 찾았다.

　　'모두 날 기다리느라 목이 빠져 있겠군.'

　　사막에서의 수련 기간이 너무 길었다. 언뜻 따져 봐도 반
년 이상의 시간이 흐른 터라 속 좁은 아그노스와 포르티의
얼굴은 잔뜩 부어 있을 수도 있었다.

그런데 아무리 두리번거려도 포르티의 카페는 보이지 않았다.

'이상하군. 분명 여기에 있었는데 말이야.'

혹시 상공에 떠 있는 것은 아닌가 싶어 위쪽도 모두 살펴봤지만 확실히 없었다. 놀랍게도 카페 건물 자체가 사라져 버린 것이다.

'어떻게 된 건가?'

성질 급한 포르티가 정령들과 시비가 붙어 싸우다 도시에서 쫓겨난 것은 아닌지. 물론 아그노스가 그런 극단적인 상황이 벌어지도록 방관하지는 않겠지만 그래도 혹시 모를 일이었다.

또한 실피는 어떻게 되었을까?

이곳 암흑가를 장악하고 있다는 정령 네리나에게 실피의 신변 보호를 부탁해 놓긴 했지만 과연 무사히 있는지 의문이었다.

특히 실피의 경우 그간 정령석을 꾸준히 복용했다면 이미 몇 개월 전 상급 정령이 되어 있어야 했다.

'일단 네리나를 만나 보는 게 좋겠군.'

북부 정령의 도시 암흑가의 보스인 네리나라면 실피와 아그노스, 포르티 등의 행방을 잘 알고 있을 것이다. 또한 네리나에게 의뢰한 물의 정화도 받아야 하기에 그녀는 반드시 만나야 했다.

그런데 광장에 있는 네리나의 지정석과 같은 벤치에 낯선 정령들이 앉아 수다를 떨고 있는 것이 아닌가? 본래라면 네리나가 야한 자태로 앉아 춘화가 잔뜩 그려진 야서를 관람시켜 주고 라나를 받는 일을 하고 있어야 했다.

'네리나가 없으면 그녀의 패거리들이라도 있을 것이다.'

무혼은 광장의 빈 벤치에 앉았다. 네리나의 부하들이 무혼을 발견하면 그녀에게 보고할 테니, 그녀가 찾아오기를 기다려 보기로 한 것이었다.

그러자 그때까지 말없이 무혼의 뒤를 따르던 가디언 포티아가 하품을 하며 훌쩍 뛰어 무혼의 옆에 앉았다.

"주인, 여기서 뭐 하는 거냐? 심심하다옹."

"너 계속 고양이 흉내 낼 거냐?"

무혼이 못마땅한 표정을 지으며 한 마디 하자 포티아는 움찔하더니 조용해졌다.

'쳇! 흉내는 무슨 흉내? 이게 원래 내 모습이라고. 무뚝뚝한 주인 같으니.'

포티아는 불만이 가득한 눈빛으로 힐끗 무혼을 노려보다 이내 시무룩한 표정으로 몸을 둥그렇게 말고는 눈을 감았다. 딱 보니 낮잠을 자려는 모양새였다.

무혼은 정령들이 광장을 거니는 모습을 지켜보며 한참을

기다렸다. 그러나 어느덧 날이 어두워지고 있는데도 네리나
는 나타나지 않았다.

'아무래도 이상하군.'

무혼이 북부 도시에 도착한 지 반나절이 지나도록 네리
나로부터 어떤 연락도 없다는 것은 뭔가 문제가 있다는 뜻
이었다. 그렇다면 무작정 기다리기보다 직접 네리나의 아지
트를 찾아 나서는 것이 현명할 것이다.

그사이 하늘은 어두워졌지만 건물들에서 반짝이는 조명
들로 거리는 휘황찬란하게 빛나고 있었다. 달빛을 받은 정
령들의 아름다운 나신이 거리를 수놓고 있는 화산성의 야경
과 이곳 도시의 야경은 확실히 대조적이었다.

물론 어느 쪽이든 나름의 장점은 있기 마련이리라. 무혼
은 이 도시의 요란한 밤거리도 제법 운치는 있다는 생각이
들었다. 이 또한 정령들의 사는 방식이라면 그들의 방식을
인정해 주어야 할 것이다.

이곳 도시가 비록 하급 정령과 중급 정령들에게 상급 정
령이 될 수 있는 기회를 제공하긴 하지만, 그 문턱은 매우
좁아 적지 않은 정령들이 하루 벌어 하루 노는 유흥 속에
빠져 있다고 했다.

그래서인지 밤거리는 매우 화려하기 이를 데 없었다.

쿵쿵쿵! 짜자자잔!

그중 가장 번화한 곳으로 들어서자 조명들은 대낮보다 밝고 휘황찬란하게 반짝였다. 시끄러운 음악 소리가 귀를 울렸다. 갖가지 다양한 복장의 아리따운 정령들이 번화가의 거리를 누볐고, 술에 취한 정령들이 비틀거리는 모습도 보였다.

정령도 술에 취하다니! 그러한 모습은 사실 이로이다 대륙에서는 보기 불가능한 일이다. 정령석 외에는 먹지 않는다는 정령들이 이곳 정령의 숲에 있는 도시에서는 인간처럼 웬만한 것들을 다 먹고 마시고 하고 있는 것이다.

물론 그것은 화산성에서도 마찬가지였다. 그들은 이곳 도시처럼 요란한 옷을 입거나 하지 않았을 뿐, 거기도 먹고 마시는 데 있어서는 이곳 도시와 크게 다를 바가 없었다.

무혼은 이미 그러한 정령들의 문화에 익숙해져 있는지라, 정령들이 술을 마시든 술에 취해 비틀거리든, 그냥 그러려니 하고 있었다.

무혼은 번화가를 거닐다 제법 화려해 보이는 술집 하나를 찾아 들어갔다. 그의 뒤를 포티아가 꼬리를 하늘로 곧추세운 채 어슬렁거리며 뒤따랐다.

곧바로 하얀 상의에 흑색 하의를 입은 말끔한 인상의 청년 정령 하나가 달려왔다.

"헤헤! 어서 오세요, 형님. 저는 웨이터 카론이라고 불러 주세요. 혼자 오신 건가요?"

다짜고짜 형님이라? 언제 봤다고 형님이냐? 아무래도 이 술집만의 특이한 방식인 모양이었다. 이곳 방식이 그렇다면 거기에 맞춰주는 게 도리이리라.

"물론 난 혼자 왔네, 카론 아우."

아우라는 말에 일순 카론이 멍한 표정을 지었다. 그러나 그는 이내 히죽 웃으며 말했다.

"흐헷! 여기 처음 오신 것 같은데 룸으로 안내해 드릴게 요. 스테이지가 있는 곳은 너무 시끄럽거든요."

"뭐, 그러든지."

무혼이 고개를 끄덕이자 카론의 입가에 회심의 미소가 맺 혔다.

'흐흐! 생긴 건 멀쩡하게 생긴 놈이 영 어수룩해 보이는 군. 오늘 제대로 하나 걸려들었어.'

웨이터 카론은 무혼을 가장 비싼 룸이 있는 곳으로 안내 했다. 무혼은 카론을 따라가며 술집의 내부를 훑어봤다.

요란한 조명이 반짝이는 스테이지 위에서 야한 옷차림의 예쁜 여자 정령 둘이 춤을 추고 있었고, 그 아래 많은 남녀 정령들이 어우러져 춤을 추고 있었다.

그 뒤로 늘어선 수십여 개의 테이블 앞에서 술을 마시는 정령들도 제법 많았다. 그러나 무혼은 카론의 안내를 따라

시끌벅적한 곳을 지나 밀폐된 룸들이 있는 곳으로 향했다.

사실 이곳 술집은 정령들이 자유롭게 춤을 추며 술을 마시는 곳으로, 스테이지 근처의 테이블에 앉으면 술값은 그리 비싸지 않다. 그러나 따로 룸을 잡게 되면 꽤 많은 라나를 지불해야 한다.

무혼은 카론이 잔뜩 바가지를 씌우려 한다는 사실을 눈치챘다. 이런 특이한 정령들의 술집은 처음 와 봤지만 조금만 생각해 봐도 알 수 있는 일이었다. 그래도 무혼은 짐짓 모른 척 카론의 뒤를 따라갔다.

어차피 라나야 별문제가 되지 않는다. 무혼의 목적은 네리나의 근황에 대해 알아보는 것이기에 차라리 밀폐된 룸이 편할 수도 있었다.

"헤헤! 여깁니다, 형님. 잠시 앉아 계시면 술과 안주를 내오겠습니다."

룸 안에는 번쩍이는 테이블 옆에 푹신한 소파들이 놓여 있었다. 무혼은 소파에 앉아 내부를 훑어봤다.

놀랍게도 한쪽 벽면에 조금 전 들어오면서 보았던 스테이지 주변의 모습이 그대로 비추어 보이는 것이었다.

'그것참 신기하군.'

벽에 무슨 특별한 마법이 깃들어 있는 모양이었다. 그로 인해 무혼은 밀폐된 룸에 앉아서도 춤을 추는 정령들의 모습을 자세히 관찰할 수 있었다.

그때 카론이 룸 안으로 다시 들어왔고 그의 뒤를 따라 들어온 다른 웨이터 정령들이 테이블 위에 술과 안주를 잔뜩 올려놓았다. 언뜻 봐도 과하게 많은 양이라 무혼은 인상을 살짝 찌푸렸다.

카론이 그런 무혼을 의미심장하게 노려보며 말했다.

"기본 세트와 룸비, 부킹비, 기타 봉사료 포함해서 300라나입니다, 형님."

"선불인가?"

"아니오. 물론 이따 나갈 때 계산하셔도 됩니다. 그래도 얼마를 내실지는 미리 알고 계셔야겠죠. 흐흐흐!"

카론은 과연 네게 그만한 라나가 있느냐는 듯한 눈빛을 하고 있었다. 무혼은 그런 카론의 눈빛을 보고 속으로 한 가지 의문이 들지 않을 수 없었다.

'적당히 벗겨 먹자는 수작 정도가 아니라 뭔가 꿍꿍이가 있군.'

하루 벌어 하루 노는 가난한 정령들의 수중에 기껏해야 몇 라나 정도 밖에는 없을 것이 분명한데, 무려 300라나라니!

"그럼 좋은 시간 되십쇼, 형님. 부킹은 마음에 드실 때까지 계속 시켜드릴 겁니다. 헤헤."

"대체 부킹이 뭔가?"

무혼은 처음 들어 보는 용어가 많아 물어보았다. 카론은 어찌 그런 것도 모르냐는 듯 핀잔스런 표정을 지으며 말했다.

"그러니까 형님이 저기 있는 예쁜 여자 정령 손님들과 함께 술을 마실 수 있도록 제가 계속 주선해 주겠다는 겁니다. 아시겠죠?"

"그런 게 부킹이었군. 그렇다면 부킹은 됐고, 한 가지 물어볼 게 있는데 말이야."

"뭔데요?"

"네리나라고 혹시 알고 있나?"

"엉? 네리나 누나요?"

카론이 누나라고 하는 것을 보니 네리나와 제법 친한 모양이었다. 무혼은 잘됐다 싶어 고개를 끄덕이며 말했다.

"이곳으로 네리나를 불러 주겠나?"

"잠깐만 기다리세요."

카론은 룸을 나섰고 잠시 후 남색 단발머리의 여자 정령과 함께 나타났다. 그녀는 무혼을 보며 눈웃음을 지었다.

"호호, 저를 부르셨나요?"

"그대가 정말 네리나요?"

무혼이 어이없다는 듯 노려보자 그녀는 머리를 긁적였다.

"제가 웨이트리스 네리나인데요? 저를 찾은 게 아니었나요?"

"네리나와 이름이 똑같은가 보군. 안타깝지만 그대는 내가 찾는 정령이 아니오."

무혼이 고개를 흔들자 그녀는 카론의 머리를 후려치며 말했다.

"야, 이 새꺄. 내가 아니라잖아. 바빠 죽겠는데 왜 엉뚱한 짓을 하고 지랄이야?"

"으윽! 죄송해요, 누나."

웨이트리스 네리나 앞에서 카론은 꼼짝 못했다. 그녀의 직급이 카론보다 위인 모양이었다. 그녀는 카론을 한바탕 혼낸 후에 씩씩거리며 사라졌다. 카론은 울상을 짓더니 곧바로 원망스런 눈빛으로 무혼을 노려봤다.

"제길! 네리나를 찾는다고 했잖아요. 웨이트리스 네리나 아니었나요?"

사실 무혼은 모르고 있지만 카론이나 네리나는 모두 가명이었다. 보통 웨이터와 웨이트리스 이름은 본명을 쓰기보다 유명한 영웅이나 전설 속 정령들의 이름을 가져다 쓰는 게 일반적인 것이다.

어느 술집에서나 인기 있는 가명은 웨이터들의 경우에는 리안, 트루, 자크, 카론, 랴그라드, 야황 등이었고, 웨이트리스들은 타마, 카보니, 푸크시아, 엘레인 등을 상당히 선호했다. 물론 지금처럼 이곳 도시 암흑가의 보스였던 네리나의 이름을 가명으로 쓰는 독특한 취향의 웨이트리스도 있었지만 말이다.

"무슨 헛소리를 하는지 모르겠군. 내가 찾는 건 암흑가의 보스 네리나다."

무혼이 결국 인상을 확 쓰자 섬뜩한 살기가 일었다. 카론은 순간 소름이 오싹 끼쳤다. 어수룩한 중급 숙맥 정령으로 봤던 무혼이 갑자기 상급 못지않은 기세를 뿜어내자 비로소 뭔가 잘못되었다는 생각에 몸을 떨었다.

"그, 그러니까 설마 보스 네리나를 말하는 겁니까?"

"물론이다. 그녀는 지금 어디에 있지?"

그러자 카론은 고개를 갸웃하며 말했다.

"아니, 그녀가 죽은 걸 모르십니까?"

"죽었다니. 그게 무슨 말인가?"

"몇 개월 전 영웅 카르카스 님이 네리나 패거리와의 전쟁을 선포했습니다. 도시의 암흑가를 좀먹는 네리나 패거리를 뿌리 뽑겠다며 직접 네리나 패거리와 전쟁을 벌이신 것이죠. 물론 당연히 카르카스 님의 승리로 끝이 났고요. 보스 네리나는 그때 죽은 걸로 알고 있습니다."

"으음!"

무혼의 안색이 굳어졌다. 네리나에게 뭔가 일이 있을 거라고는 짐작했지만 설마 카르카스에게 죽임을 당했을 줄이야.

'그녀가 그리 쉽게 당할 리가 없는데 이상하군.'

무혼이 보기에 네리나는 아르나 사만다에 거의 버금가는 기세를 가지고 있었다. 그녀 역시 최상급 정령이라 해도 될 정도인 것이다.

물론 그녀가 카르카스와 정면 승부를 벌였다면 패할 수밖에 없겠지만, 정면 승부가 아니라면 얘기가 달라진다. 아무리 카르카스가 전쟁을 선포했다 해도 암흑가의 보스로 적지 않은 패거리를 이끌고 있으며 산전수전 다 겪은 노련한 그녀라면 어떤 식으로든 살아남았을 가능성이 높았다.

무혼은 카론을 노려보며 물었다.

"정말로 네리나가 죽은 것이 확실한가?"

"틀림없습니다. 당시에 네리나의 몸이 두 동강 나 연기로 변해 사라진 모습을 많은 정령들이 봤다고 했거든요."

네리나가 죽은 모습을 직접 본 정령들이 많다고 하니 그렇다면 그녀는 정말 죽었을지도 모른다. 무혼은 왠지 씁쓸한 마음을 금할 수 없었다.

그러나 정령의 도시의 일에 무혼이 굳이 나서고 싶은 마음은 없었다. 암흑가의 조직을 소탕하고 살기 좋은 도시를 만들겠다는 취지로 네리나를 죽인 것이라면 카르카스의 행동은 많은 정령들의 지지를 받고 있을 것이다.

'물의 정화는 내가 직접 찾으러 가야겠군.'

네리나에게 의뢰로 맡겼던 물의 정화는 그녀의 죽음으로 인해 무혼이 직접 찾아야 할 상황이었다. 또한 아그노스와 포르티가 행방불명되었기에 바람의 정화와 땅의 정화를 얻는 일도 순탄하지 않아 보였다.

"혹시 반년 전쯤 서쪽 광장 주변의 카페를 사들였던 붉은 머리의 청년 정령과 푸른 머리의 여자 정령이 어디로 갔는지 알 수 있느냐?"

무혼은 혹시나 싶어 물어봤다. 그러자 카론은 의외로 그것에 대해 잘 알고 있었다.

"그 카페는 몇 개월 전까지 제법 유명했죠. 그런데 네리나 패거리의 아지트 중 한 곳으로 알려져 당시 함께 소탕되었어요. 아마 카페 주인 정령들도 모조리 죽었을걸요."

"뭣이?"

무혼의 두 눈에서 차가운 섬광이 번뜩였다. 네리나야 잠시 안면이 있었던 정령이었으니 그녀의 죽음에 무혼이 굳이 나설 이유는 없었다.

그러나 아그노스와 포르티는 다르다. 그들은 무혼의 친구가 아닌가? 이유를 불문하고 카르카스가 그들을 죽였다면 무혼은 그로부터 피의 대가를 받아낼 생각이었다.

'하지만 그럴 리가! 그들이야말로 절대 그리 쉽게 당할 녀석들이 아닌데.'

물론 포르티와 아그노스의 개별 전투력이 최상급 정령인 카르카스에 미치기 힘든 것은 무혼도 알고 있는 사실이었다. 그러나 그들이 합공을 하게 되면 카르카스가 그들을 이기기란 쉽지 않다.

더구나 카론의 말을 종합해 보면 당시 네리나, 포르티, 아그노스가 함께 공격을 받았다는 것이다. 비등한 전투력을 가진 그들 셋을 카르카스 혼자서 이긴다는 건 불가능했다.

설사 카르카스 일당이 수백 배가 넘은 수적 우위로 승부를 벌였다 해도 포르티 등이 죽었다는 것은 말도 안 된다. 드래곤 로드 푸르카와 같은 압도적인 실력자가 나타나지 않는 한 그들은 어떻게든 달아나 목숨은 보전할 능력이 있는 것이다.

그런데 그렇게 무혼이 인상을 쓴 채로 생각에 잠겨 있는 사이 카론은 은근슬쩍 뒷걸음쳐 룸을 빠져나갔다. 무혼은 그걸 알고 있었지만 어차피 카론과는 더 이상 볼일이 없는지라 내버려 두었다.

대신 무혼은 힐끗 고개를 돌려 소파 위에서 늘어지게 잠을 자고 있는 포티아를 노려봤다.

"너 아주 팔자가 좋구나."

"가디언 팔자가 원래 다 그런 거 아니냐옹."

포티아는 자세를 바꿔 본격적으로 더 자려는 듯 돌아눕는 것이었다. 무혼은 포티아의 머리를 툭 치며 깨웠다.

"일어나 봐. 한 가지 일 좀 해야겠다."

그러자 포티아가 두 눈을 삐딱하게 떴다. 잠 좀 자려는데 왜 방해하느냐는 듯 귀찮아하는 기색이 역력했다. 그러나 무혼의 두 눈이 험상궂게 번뜩이자 포티아는 곧바로 벌떡 일어나 물었다.

"할 일이 뭔데옹?"

무혼은 포르티와 아그노스의 외모에 대해 간략하게 말해주었다.

"드래곤 포르티와 아그노스가 이 도시 어딘가 숨어 있을 거야. 그들을 찾아라. 어쩌면 변신을 하고 있어 못 알아볼 수도 있겠지만 그래도 한번 구석구석 뒤져봐."

순간 포티아는 이게 웬 신 나는 일이냐는 듯 두 눈을 초롱초롱 빛냈다. 코 아래 얌전히 늘어져 있던 하얀 수염들이 옆으로 길게 일어났고 뾰족한 입가에는 살짝 미소가 걸렸다. 그것은 포티아에게 뭔가 흥미진진한 일이 발생했을 때 나타나는 특유의 표정이었다.

"크큿! 주인, 난 생김새 같은 거 몰라도 된다. 드래곤녀석들에게는 특유의 냄새가 나지. 아무리 변신을 해 봤자 나는 못 속인다고. 이 일은 내게 너무 쉬운 일이군. 그러니까 놈들을 찾으면 잡아오면 되냐옹?"

그것참 특이한 화법이었다. 내내 반말을 하다가 마지막에 고양이와 같은 말투로 슬쩍 존댓말 비슷한 끝맺음을 하는 것이었다. 무혼이 듣기에는 은근슬쩍 맞먹자는 것 같았다.

"잡아올 필요는 없어. 그들이 어디에 있는지 알아낸 후 조용히 돌아와. 그나저나 너 말투가 영 거슬리는군. 정말 혼나볼 테냐?"

그러자 포티아가 움찔하더니 기죽은 표정으로 말했다.

"모…… 몸이 작아지면 내 말투가 원래 이렇다. 구박하지 마라옹."

"알았으니 어서 갔다 와."

"냐앙!"

포티아는 환영처럼 그 자리에서 사라졌다.

덜컹!

그런데 포티아가 사라진 그 순간 무혼이 앉아 있는 룸의 문이 거칠게 열리더니 험상궂은 인상의 정령들이 성큼성큼 들어왔다.

상급 정령들 둘에 중급 정령 십여 명이 되었다. 작정하고 무혼을 손봐주러 온 모양이었다. 곧바로 선두에 있는 덩치 좋은 정령 밀레즈가 의미심장하게 웃으며 말했다.

"이봐! 나는 이곳 술집의 주인이라네. 적당히 마셨으면 이제 술값을 좀 계산해 주지그래?"

"나갈 때 계산해도 된다고 들었는데 이상하군. 보다시피 난 아직 술에 입도 대지 않았어."

"크흐! 이해해 주게. 요즘 들어 술값을 떼먹고 도망가는 정령들이 좀 있어서 말이야."

그러자 무혼은 정령석 1개를 꺼내 테이블 위에 내려놓으며 말했다.

"그렇다면 어쩔 수 없지. 미안하지만 내가 지금 잔돈이 없어서 말인데, 이걸 줄 테니 나머지를 거슬러 줄 수 있겠나? 정령석 1개에 1만 라나이니 9,700라나를 거슬러 받으면 되겠군."

그러자 정령들의 눈이 커졌다. 특히 정령 밀레즈의 두 눈이 가늘게 변하더니 이내 키득 웃으며 정령석을 집어 들었다.

"크흐! 과연 정령석이 틀림없군. 자네 제법 부자였구만? 그럼 9,700라나를 거슬러 줄 테니 우릴 따라오게."

"번거롭게 내가 움직여야 되는 건가?"

"크흐! 그게 워낙 금액이 커서 말일세. 번거롭다 해도 어쩔 수 없네."

"그럼 그렇게 하지."

무혼은 그들에게 무슨 꿍꿍이가 있다는 것을 알고 있었지만 모른 척 따라갔다. 그렇지 않아도 아까부터 뭔가 수상한 기색이 느껴져서 파헤쳐 보려 했던 참이었으니까.

무혼이 이토록 순순히 따라 나올 줄은 몰랐다는 듯 밀레즈는 일시 멍한 표정을 지었지만, 곧바로 무혼을 데리고 술집 지하로 내려갔다.

계단을 따라 내려가니 음침한 지하 밀실이 있었다. 그 안으로 들어가는 순간 옆에서 걷던 정령들이 무혼을 향해 덤벼들어 시커먼 빛이 나는 밧줄로 그의 몸을 칭칭 묶어 버렸다.

"이게 뭔가?"

무혼이 놀라자 밀레즈가 키득거리며 말했다.

"그건 정령력을 쓰지 못하게 만드는 밧줄이라네. 어지간한 상급 정령들도 그것에 묶이면 아무런 힘을 쓸 수 없지. 그러니 반항은 포기하는 게 좋을 거야."

딱 보니 주술의 밧줄이었다. 무혼에게는 실로 가소로운 것이었지만, 일단 두고 보기로 했다.

"그렇군. 그런데 왜 나를 이걸로 묶은 거지? 난 분명 라나를 거슬러준다고 해서 따라왔는데 말이야."

"크큭! 바보 같은 놈! 그만한 라나를 거슬러 줄 것 같았으면 네놈을 왜 여기에 끌고 왔겠느냐?"

밀레즈를 비롯한 밀실에 있는 모든 정령들이 키득거렸다. 무혼은 짐짓 놀라는 표정을 하며 물었다.

"으윽! 대체 나를 어떻게 할 셈이냐?"

"크큭! 너는 처음부터 수상한 놈이었다. 네리나의 행방을 물었던 이유가 뭐냐? 그렇군. 너는 네리나 패거리의 잔당이 분명해. 그렇지 않으냐?"

무혼이 아무런 대답도 하지 않았지만 멜리즈는 무혼을 네리나 패거리의 잔당으로 간주해 버렸다.

"크큭! 따라서 이 정령석은 몰수다. 그리고 네리나 패거리인 네게 사형을 내리마. 너는 이제 처형장으로 가게 될 것이다."

처형장이라. 그러니까 정령들을 처형하는 장소가 있다는 말인가? 그보다 술집 주인이 사형을 내릴 줄이야. 무혼이 어이없어 쓴웃음을 짓자 정령들이 무혼을 끌고 바깥으로 나갔다.

음침한 복도를 지나 다시 지상으로 올라가니 예의 술집 건물의 뒤편이었다. 무혼은 시커먼 후드와 같은 옷을 강제로 뒤집어쓴 채 정령들에게 이끌려 도시 북쪽으로 이동했다.

정령들은 한 평범해 보이는 건물로 무혼을 끌고 간 후 다시 지하로 내려갔다. 나선형으로 만들어진 계단을 끝없이 따라가니 거대한 지하 공간이 나타났다.

그곳에는 마치 감옥과 같이 만들어진 십여 칸의 큼직한 방들이 있었고, 각각의 방마다 정령들이 흑색의 밧줄에 칭칭 감긴 채 웅크리고 앉아 있었다.

절망이 가득한 표정으로 감옥에 갇혀 있는 정령들. 그들은 무슨 죄를 지었기에 이곳 처형장의 감옥에 들어왔다는 말인가?

무혼은 빠른 눈으로 그들 중에 혹시 아는 정령이나 드래곤이 있는지 훑어봤지만 다행히 없었다.

"……!"

그러다 무혼은 문득 지하 감옥에서 미세하게 느껴지는 익숙한 기운 세 개를 감지하고는 싸늘한 미소를 지었다. 그 기운들은 마족만이 가지고 있는 진원마기의 기운이었다.

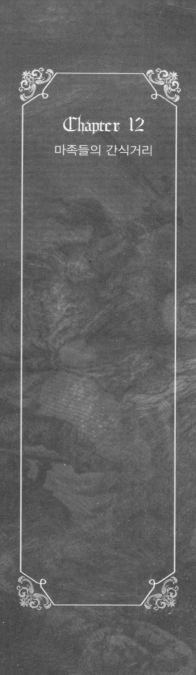

Chapter 12

마족들의 간식거리

　'이 안에 마족들이 셋이나 있을 줄은 상상도 못 했군.'

　정령이 아닌 마족들이 어떻게 이곳 정령의 숲에 들어왔는
지는 알 수 없는 일이었다. 어쩌면 무혼처럼 특별한 방법을
알고 있을 수도 있고, 혹은 필리우스와 푸르카가 드나들었
다던 결계의 틈을 찾아내 왔을 수도 있을 것이다.

　그런데 마족들은 왜 하필이면 정령 처형장이 있는 곳에
웅크리고 있는 것인가? 무혼이 의문을 느끼고 있을 때 간수
정령들이 무혼의 팔을 확 잡아끌어 지하 감옥 중 한 곳으로
처박듯 밀어 넣었다.

철컹!

감옥의 문은 열린 즉시 닫혔다. 방 안으로 내던져진 무혼
은 여전히 흑색 빛의 밧줄로 온몸이 묶인 상태였다. 방 안
을 살펴보니 무혼처럼 온몸이 묶인 정령 10여 명이 절망 가
득한 표정으로 앉아 있었다.

무혼이 물었다.

"너희들은 왜 여기에 들어왔지?"

그러나 정령들은 대답하지 않았다. 모두가 절망으로 맥이
빠진 터라 무혼의 질문에 답해 줄 만한 마음의 여유가 없었
기 때문이다. 그래도 그중 하나인 불의 정령 소콜이 마지못
한 듯 입을 열었다.

"쓸데없는 의문일 뿐이야. 처형장에 들어온 이상 우린 이
제 곧 죽을 텐데 그게 무슨 소용이냐?"

"그렇긴 해도 죽는 이유 정도는 알고 죽어야지 않으냐?"

"이유 따위는 중요하지 않아. 크흑! 아직도 모르겠어? 우
리 같은 힘없고 연줄 없고 보잘것없는 정령들을 그냥 붙잡
아 죽이는 거라고."

그러자 잠자코 있던 다른 정령들이 통곡을 하는 것이었
다.

"흐엉! 이런 줄 알았으면 정령의 숲에 들어오지 않는 건
데……."

"크흐흑! 맞아. 우린 그냥 이로이다 대륙에서 사는 게 좋 았다고."

"엉! 흐어엉! 나도 괜히 여길 왔어. 정령석을 하나라도 얻 어 보려고 매일 죽도록 일했지만 늘어나는 건 빚뿐이고, 결 국은 이런 데로 끌려와 죽게 되다니……."

얘기를 들어 보니 카르카스가 운영하는 라나 은행에서 라나를 빌려 썼다가 불어나는 이자를 감당 못 하고 붙잡혀 온 정령도 있었고, 바가지 술값을 못 내서 끌려온 정령도 있 었고, 심지어 밤에 한적한 곳을 떠돌다 아무 이유 없이 잡혀 온 정령도 있었다.

따지고 보면 대부분 감옥에 올 이유는 되지 못했다. 그냥 무작위로 끌고 온 것이나 마찬가지였다.

그런데 처형이라니!

그것도 그러한 처형에 대한 판결을 어떤 납득될 수 있는 신분에 있는 정령이 하는 것이 아니라 술집 주인 정령과 같 은 이의 결정에 따라 이루어진다는 것은 더욱 어이없는 일 이 아닐 수 없었다.

'아무래도 정령들을 납치해 마족들에게 바치고 있는 게 아닌지 모르겠구나.'

이것이 카르카스가 하는 일인지 아니면 암흑가의 조직에 서 몰래 하는 짓인지는 아직 알 수 없다. 그러나 적어도 이

처형장이 마족들과 연관이 있다는 것은 분명했다.

이런 식으로 은밀히 사라지는 정령들은 제법 되지만 그래 봤자 도시 전체의 정령들에 비하면 극히 소수일 뿐이니 눈에 띄지 않을 수도 있다.

또한 이로이다 대륙에서 지속적으로 몰려드는 하급 정령들과 중급 정령들로 인해 도시의 정령 인구는 계속 늘어나고 있는 실정이 아닌가? 조금 전 소콜의 말대로 힘없고 연줄 없는 정령들이다 보니 그들이 매일 조금씩 사라진다 해도 다른 정령들은 그 사실을 모르고 있을 가능성이 높았다.

'마족들이 정령들을 잡아먹기라도 하는 건가? 놈들이 대체 무슨 꿍꿍이로 이 밑에 처박혀 있는지 모르겠군.'

무혼은 사실 당장이라도 감옥을 뛰쳐나가 마족들이 있는 곳으로 달려갈 수 있었다. 그러나 그 마음을 억누르고 짐짓 자신의 기세를 감추고 있었다.

미세한 마기가 느껴지는 것으로 보아 이 아래는 상당한 깊이의 동굴과 미로가 형성되었을 가능성이 높았다.

다시 말해 무혼이 섣불리 자신의 기세를 내보이면 지난번 카수스를 놓쳤던 것처럼 마족들이 달아나 버릴 수도 있는 것이었다.

그래서 무혼은 자연스레 마족들에게 바쳐질 때까지 자신의 기세를 완벽하게 감추며 기다렸다. 특히 이번에는 아예

작정하고 심법을 통해 흐르는 기운까지 통제하며 특별히 신경을 썼기에 무혼이 스스로 기세를 드러내지 않는 한 이제는 최상급 마족이나 정령들이라 해도 무혼의 정체를 의심하지 못할 것이었다.

철컹!

그때 감옥의 문이 열리며 험상궂은 표정의 간수 정령 하나가 외쳤다.

"크음! 다음 차례가 누군지 기억이 안 나네. 뭐, 순서야 상관없지. 아무나 하나 나오너라."

그러자 방 안에 웅크리고 있던 정령들의 얼굴이 사색으로 변한 채 오들오들 떨었다. 지금 밖으로 나가는 정령이 어떤 신세로 변할지 그들이 모를 리 없기 때문이었다.

그때 무혼이 기다렸다는 듯 걸어 나가며 말했다.

"내가 가지. 매도 먼저 맞는 게 낫다고 어차피 죽으려면 빨리 죽는 게 나을 테니까."

"큭! 제법 기특한 생각이군."

간수 정령이 키득거리며 무혼을 끌어냈다. 그렇게 간수 정령과 함께 멀어지는 무혼의 뒷모습을 감방에 갇힌 정령들은 측은한 표정으로 쳐다봤다.

무혼의 뒷모습은 잠시 후 마치 무저갱과 같이 시커먼 지하 동굴로 들어가며 사라졌다. 그 모습을 본 정령들의 얼굴은 온통 절망과 두려움에 물들었다. 비록 지금은 살았지만 얼마 지나지 않아 자신들도 저와 같은 신세가 될 것임을 알고 있기 때문이었다.

그때 무혼은 간수 정령의 뒤를 따라 담담히 걷고 있었다. 앞서 걷던 간수 정령이 힐끗 고개를 돌려 무혼을 쳐다봤다.

"특이한 녀석이구나. 너는 죽음이 두렵지 않으냐?"

"죽음이야 물론 두렵지."

"그런데 왜 두려워하지 않으냐? 넌 이제 죽게 될 텐데 말이야."

"별걸 다 궁금해하는군. 조금 있다가 죽게 되면 두려워할 테니 염려 말고 빨리 안내나 해라."

무혼의 귀찮은 듯한 대답에 간수 정령은 어이가 없는 듯 멍한 표정을 지었다.

"그냥 죽기에는 왠지 아까운 놈이군. 하지만 여기에 온 이상 넌 무조건 죽어야 한다. 대신 특별히 한 가지 비밀을 알려 주마."

"비밀?"

"크크! 이 아래 내려가면 뭐가 있는지 아느냐?"

"내가 어찌 알겠나?"

그러자 간수 정령이 킥킥거리며 말했다.

"바로 마족이 있다. 마족 말이야. 그들이 너를 잡아먹을 것이다."

무혼은 이미 알고 있는 사실이다. 그러나 짐짓 경악하는 표정을 지어 보였다.

"지금 마족이라 했는가?"

"크흐! 물론이지. 그들은 너의 몸에 있는 정령력을 바탕으로 카르의 돌을 만들어 낼 거야."

'카르의 돌이라면?'

카르의 돌은 하급 정령이나 중급 정령들이 섭취했을 때 그들의 정령력이 늘어나는 효능이 있는 신비한 돌이라 들었다. 정령석에 비해서는 십분의 일 정도의 효능이지만 그것만으로도 하급 정령들이나 중급 정령들에게는 매우 큰 희망이 된다고 하지 않았던가?

그것을 이곳 도시의 영웅 카르카스가 신입 정령들에게는 1개를 무료로 나누어 주고, 이후로는 1천 라나에 하나씩 판매하고 있다고 들었는데.

'역시 마족이 만든 것이었군.'

카르카스가 만들었다는 카르의 돌에서 미세한 마기가 감지되는 것이 이상하다 했더니 역시나 그것은 마족들이 만든 것이었다. 더구나 정령을 잡아먹고 거기서 나온 정령력을 바탕으로 만들어진 돌이었다니.

"크흐! 더 재밌는 얘기를 해 줄까? 나도 처음에 알았을 때는 얼마나 놀랐는지 모른다. 카르의 돌은 사실 마족들의 변이야. 마족들이 정령을 잡아먹고 뱃속에서 소화시킨 후 나오는 변이 바로 카르의 돌이라는 거지!"

간수 정령은 키득거리며 말을 이었다. 그의 말에 의하면 마족들이 하급 정령을 잡아먹으면 보통 한두 개 정도 되는 카르의 돌을 변으로 배출하고, 중급 정령의 경우 보통 십여 개에서 많게는 수십 개 정도가 배출된다는 것이었다.

"큭큭! 그리고 마족들이 상급 정령을 잡아먹는 경우는 거의 없지만 그래도 몇 번 있긴 있었지. 그때 마침 내가 담당이라 변을 뒤져봤는데 무려 수백 개도 넘는 카르의 돌이 반짝이고 있었다. 정말 놀랍지 않으냐?"

간수 정령이 하는 일 중에 마족들의 변소에서 카르의 돌을 찾아내는 일도 있는 모양이었다. 무흔이 인상을 찌푸리며 말했다.

"나도 조금 있으면 마족의 뱃속에서 소화된 후 카르의 돌로 변해 튀어나오겠군."

"크흐! 안됐지만 할 수 없다. 그러니 기왕이면 다른 정령들에게 좋은 일을 한다 생각하고 마음 편히 죽음을 받아들여라. 너는 비록 죽겠지만 너로 인해 만들어진 카르의 돌이 다른 정령들에게 희망이 되어 줄 테니까. 어떠냐? 그렇게 생각하니 조금은 위로가 되지 않으냐?"

"별로 위로가 되는 말은 아니지만 고맙게 받아들이지."

무혼의 입가에 섬뜩한 냉소가 피어오르고 있었지만 간수 정령은 그것을 주의 깊게 보지 않았다. 아마도 무혼이 죽음에 대한 두려움에 얼굴이 차갑게 경직되어 있으리라 생각한 듯했다.

그 후로는 한동안 침묵이 이어졌다. 거미줄처럼 뻗어 있는 지하 미로 깊숙이 내려갈수록 간수 정령의 얼굴에 점차 긴장감이 어렸고, 그러다 이글거리는 흑색의 결계 문을 통과해 들어서는 순간 그의 안면은 딱딱하게 경직되고 말았다.

'크으! 매번 올 때마다 느끼는 거지만 여기 분위기는 정말 적응이 잘 안 되는군.'

이곳 처형장에서는 적어도 두 시간에 한 번씩은 마족들에게 정령들을 간식으로 제공해야 한다. 따라서 간수 정령들은 수시로 정령들이 갇혀 있는 감옥과 마족이 있는 제단을 왕복하는 임무를 수행하고 있었다.

그때 묵묵히 걷고 있던 무혼이 문득 물었다.

"궁금한 게 있어. 정령들이 마족들의 간식 형태로 제공되는 이런 특이한 처형 방식을 처음 생각한 자가 대체 누군가?"

"모르겠나? 그걸 주장하신 분은 바로 위대한 영웅 카르카스 님이시다. 질 나쁜 정령들을 죽여 없애고 대신 그들에

게서 나온 카르의 돌로 도시의 다른 정령들에게 유익한 일
좀 하자는 뜻이시지."

"그렇군."

무혼은 더 이상 아무것도 묻지 않았다. 이로써 무혼은 카
르카스가 마족들의 하수인이라는 사실을 확신할 수 있었으
니까.

흑색의 결계 문을 통과한 이후부터는 갈수록 마기의 농
도가 짙어졌다. 그러한 강렬한 마기로 인해 간수 정령은 비
틀거리며 간신히 걸었지만, 무혼은 담담히 그의 뒤를 따르
고 있었다.

사실 무혼으로서는 무척 오랜만에 느껴보는 마족들의 진
원 마기였다. 예전 엘리나이젤을 속박하고 있던 세 마족들을
죽인 이후로 마족들을 구경도 해 보지 못했기 때문이었다.

따라서 무혼이야말로 오히려 모처럼 간식을 섭취하러 가
는 상태라 할 수 있었다. 마족들은 자신들의 맛좋은 간식거
리가 오기를 기다리고 있겠지만, 역으로 그들이 무혼의 영
양 좋은 보양식이 될 것이라고는 상상도 하지 못하리라.

'저들이로군.'

드디어 마족들이 있는 제단이 나타났다.

예상대로 마족은 셋이나 있었다. 그들은 거대한 제단 위
에 신상(神像)의 형태로 큼직한 정삼각을 이루며 앉아 있었

는데, 모두 마치 명상을 하듯 눈을 감고 있었다.

세 마족은 짐승의 머리에 거인의 몸체를 하고 있었다. 각각 사자, 곰, 뱀의 형상으로 공통점이 있다면 머리에 모두 시커먼 뿔들이 박혀 있다는 것이었다.

그들의 중앙에는 커다란 원형의 식탁이 놓여 있었고, 식탁 위에는 수십 종류의 크고 작은 접시들과 포크, 나이프, 스푼 등이 종류별로 단정하게 놓여 있었다.

또한 식탁을 빙 둘러 큼직한 솥들이 늘어서 있었는데, 각각의 솥들에는 이름 모를 액체들이 부글부글 끓고 있었다. 그로부터 나는 냄새들은 무혼에게 있어 상당히 역한 것이었다.

"위…… 위대하신 분들이여! 여기 맛좋은 간식거리를 가져왔나이다."

그때 무혼을 데리고 왔던 간수 정령이 마족들이 있는 제단 앞에 납작 엎드리며 외쳤다. 그러자 뱀 형상의 머리를 가진 마족 아스고드가 간수 정령의 말에 살짝 눈을 뜨고는 고개를 끄덕였다.

"알았으니 두고 너는 가 봐라."

"예. 그…… 그럼 맛있게 잡수십시오."

간수 정령은 다시 한 번 넙죽 절을 하고는 부리나케 달아나 버렸다.

무혼은 담담히 앞으로 걸어갔다.

마족 아스고드는 무혼이 너무도 태연히 제단 위로 올라오는 모습에 고개를 갸웃하다 이내 붉은 혀를 날름거리며 말했다.

"꿀꺽! 그것참 기특한 녀석이로군. 내가 굳이 움직이지 않아도 스스로 잡아먹히러 올라오고 있구나."

무혼이 어깨를 으쓱하며 대꾸했다.

"어차피 잡아먹힐 거면 그냥 반항하지 않고 순순히 잡아먹히는 게 고통이 덜하지 않겠소?"

그러자 아스고드가 흡족한 미소를 지었다.

"정령은 고통스럽게 죽여야 맛이 기막히지만, 네가 제법 기특한 면이 있으니 특별히 선택의 기회를 주마. 자, 여기 끓고 있는 솥들 중에 들어가고 싶은 곳을 골라 보아라. 운이 좋으면 단번에 죽을 것이고, 운이 나쁘면 매우 고통스럽게 서서히 죽게 될 거야."

"그냥 산 채로 잡아먹는 줄 알았는데 설마 번거롭게 요리를 해서 먹는 것이오?"

그러자 아스고드가 키득 웃으며 무혼을 노려봤다.

"큭큭큭! 그것참 웃기는 녀석이로군. 곧 죽을 녀석이 별게 다 궁금한가 보구나."

"죽는 건 죽는 것이고 내가 궁금한 것은 잘 못 참아서 말이오."

"그렇게 궁금하면 알려 주마. 솔직히 정령들은 그냥 생으로 뜯어먹는 게 가장 맛이 좋은 게 사실이다. 하지만 그렇게 되면 변으로 카르의 돌이 나오지 않는단 말이야. 그래서 아쉽지만 저기 끓고 있는 국물들에 데쳐 먹고 있는 것이다."

카르의 돌을 만들 수 있는 국물들이라니. 아마도 마족들의 특별한 연금술과 관련된 액체들인 모양이었다.

"저 국물들이 뭔지 물어봐도 되겠소?"

"쓸데없이 궁금한 게 많은 녀석이군. 더 대답해 주고 싶지만 벌써부터 배가 출출하니 더 이상은 안 되겠구나. 꾸물대지 말고 냉큼 저 솥 중에 하나를 선택해 뛰어 들어가거라."

그러자 지금껏 눈을 감고 있던 곰 형상 머리의 마족 모그가 번쩍 눈을 뜨더니 험상궂은 표정으로 말했다.

"아스고드, 저놈이 그냥 솥에 들어가 버리면 한 가지 육수의 맛밖에 볼 수 없단 말이다. 육수의 종류가 저렇게 많은데 왜 맛없게 먹으려고 작정을 하느냐?"

그뿐 아니라 사자 형상 머리의 마족 자스탄도 눈을 번쩍 떴다. 그의 두 눈에서 섬뜩한 광망이 번뜩였다.

"모그의 말이 맞다. 아스고드! 너는 왜 쓸데없는 짓을 하는 것이냐? 제단 위에 죽치고만 앉아 있으니 어디가 근질근질한 것이냐? 머리를 확 잘라 줄까? 엉?"

순간 아스고드는 움찔하더니 몸을 떨었다. 곰 머리의 마족 모그는 그와 같은 상급 마족이지만, 사자 머리의 마족 자스탄은 최상급 마족이었다. 이로이다 대륙에 파견된 마족 중 라사라 다음가는 서열의 마족이 바로 자스탄인 것이다.

"부, 부디 용서를! 제가 분수도 모르고 잠시 장난을 쳤습니다."

"크드득! 내가 먹는 것 같고 장난치지 말라고 몇 번을 말했느냐? 계속 그따위 장난을 치면 네놈의 머리를 저 솥들 중 하나에 던져 푹 고아 먹어 버리겠다."

"크흑! 두 번 다시 그러지 않겠습니다. 제발 용서해 주십시오."

아스고드가 두 손을 싹싹 빌며 잘못을 빌자 자스탄의 안색이 다소 풀어졌다. 그는 무혼을 힐끗 한 번 쳐다보고는 입맛을 다시며 말했다.

"그럼 어서 저 쓸데없이 호기심만 많은 정령 녀석을 먹기 좋게 잘라 접시 위에 올려놓아라. 정령은 그저 고기를 한 점씩 잘라 각자 먹고 싶은 육수에 데쳐 먹는 게 제일 맛이 있단다. 이로이다 대륙에서는 먹을 수 없는 이곳 정령의 숲만의 별미 아니더냐?"

"케케케! 그럼 먹기 좋게 저 정령을 잘라 놓겠습니다."

아스고드는 비로소 안도하며 말했다. 자스탄이 콧김을

내뿜으며 고개를 끄덕였다.

"출출하니 서둘러라. 가급적 최대한 얇게 잘라야 살짝살짝 데쳐 먹는 맛이 있으니 잊지 말고."

"케케켓! 그런 거야 저의 전문이니 염려 마시지요."

아스고드는 양손에 날이 시퍼렇게 빛나는 식칼을 하나씩 쥐고 무혼을 향해 다가왔다.

"정령! 너도 보았겠지만 공연히 네게 자비를 베풀려다가 나까지 죽을 뻔했구나. 이제 어쩌겠느냐? 나는 그냥 본래대로 너를 조각조각 얇게 잘라 저 식탁 위 큼지막한 접시에 가지런히 올려놓을 생각이다. 각오 단단히 하거라."

"그러게 뭐든 하던 대로 하는 게 좋은 것 아니겠소? 하지만 나라고 순순히 당할 수는 없으니 조심하는 게 좋을 것이오."

무혼은 식탁 위에서 포크 하나를 집어 들며 담담히 말했다. 그러자 아스고드는 어이없다는 듯 무혼을 노려봤다.

"뭔가? 설마 지금 내게 저항을 해 보겠다는 것이냐?"

"저항이라기보다 그냥 당할 수는 없으니 최후의 발악이라도 해 보겠다는 것이오. 그것도 안 되오?"

아그고드의 두 눈이 빛났다.

"아니? 된다. 물론 되고말고. 큭큭큭! 어디 최대한 발악을 한번 해 봐라. 고기가 너처럼 싱싱해야 먹는 맛도 나는 법이란다."

"물론이오. 나의 반항이 제법 거칠 것이니 절대 실망은 하지 않을 거요."

무혼이 비릿하게 웃으며 대답했다. 확실히 심검의 경지에 이른 이후 무혼은 이전에 비할 수 없이 자유자재로 기세를 조절할 수 있었다. 그래서 이번에 작정하고 기세를 완벽하게 감추어 보았는데 매우 성공적이었다.

이토록 마족들과 지척에 있는 상황이지만 마족들은 무혼을 전혀 경계하지 않았다. 심지어 그들은 무혼이 정령이 아닌 인간인지조차도 알아보지 못했다.

"자, 어디 네가 이걸 피할 수 있나 보자꾸나. 큭큭!"

아스고드가 성큼 다가와 대뜸 식칼을 휘둘렀다. 그것은 식칼이지만 가히 할버드 창대 크기의 기다란 날을 가진 엄청난 크기의 대도(大刀)였다.

쒸이익!

한두 번 해 본 솜씨가 아닌지 식칼은 무혼의 목을 향해 정확히 날아왔다. 시퍼런 날이 번뜩이는 순간 무혼의 목이 뎅경 잘려 나가는 듯한 착각이 일 정도였다.

그 직전 뒷걸음질 치던 무혼이 뒤꿈치에 뭔가 걸렸는지 뒤로 훌러덩 넘어갔다. 그로 인해 아스고드의 식칼은 아슬아슬하게 무혼을 지나쳐 애꿎은 허공을 갈랐다.

그런데 무혼이 뒤로 넘어짐과 동시에 반사적으로 위로 솟
구친 두 발 중 하나가 아스고드의 오른 손목을 툭 건드리고
말았다.

"커엇!"

그저 살짝 건드리듯 스쳤을 뿐인데 아스고드는 오른 손
목에 저릿한 느낌과 함께 힘이 풀려 버렸다. 그러다 보니 식
칼이 그의 오른손을 벗어났고, 그것은 빙글빙글 회전하며
신상 마족 모그에게 날아갔다.

"……!"

난데없이 자신을 향해 식칼이 날아들자 놀란 모그가 오
른 팔을 들어 식칼을 막았다. 식칼은 그의 오른 팔뚝으로
푹 파고들었다.

"꾸윽! 너 미쳤느냐, 아스고드?"

모그는 인상을 확 찡그리며 아스고드를 잡아먹을 듯 노
려봤다.

"미, 미안하다. 갑자기 식칼을 놓쳐서 그만……."

"으득! 그깟 정령 하나 못 잡고 이게 무슨 짓이냐?"

아스고드 또한 지금 상황이 어이가 없어 미칠 지경이었
다. 그는 이때까지도 무혼이 엉겁결에 뒤로 넘어가며 그의
공격이 빗나갔다고 생각하고 있었다. 화가 머리끝까지 치솟
은 그는 왼손의 식칼을 무혼을 향해 사정없이 휘둘렀다.

"크으! 뒈져랏!"

번쩍 번개가 내리치는 듯 가공할 속도로 식칼이 무혼의 몸을 갈랐다. 그러나 이번에도 무혼은 비틀거리며 그야말로 가까스로 식칼을 피해 냈다. 동시에 그의 팔꿈치가 아스고드의 왼 손목을 툭 쳤다.

"컥!"

왼쪽 손목에 무혼의 팔꿈치가 살짝 스쳤을 뿐인데 아스고드는 갑자기 전신의 뼈란 뼈가 모조리 가루로 변해 버린 듯한 가공할 충격에 눈앞에 캄캄해져 버렸다. 이루 말할 수 없는 엄청난 고통에 신음마저 제대로 나오지 않았다.

그러한 상황이다 보니 당연히 그의 왼손 힘이 풀렸고 식칼이 그의 손을 벗어났다. 팽그르르, 돌던 그 식칼은 또다시 곰 머리 마족 모그를 향해 날아갔다.

"으득! 저 멍청한 놈이!"

모그는 혹시나 싶어 눈여겨보고 있던 터라 잽싸게 식칼을 피했지만, 식칼이 그의 지척에 이르자 갑자기 방향을 선회해서 옆구리에 사정없이 파고드는 것이 아닌가?

푸악!

그의 왼쪽 옆구리가 찢어지며 검붉은 피가 분수처럼 쏟아져 나왔다.

"크아아아! 죽여 버리겠다!"

분노에 눈이 돌아버린 모그는 고통 따위는 아랑곳하지 않고 자신의 왼쪽 옆구리와 오른 팔뚝에 박힌 식칼을 빼 들었다. 그리고 그것을 양손에 쥔 채 무혼과 아스고드를 향해 돌진했다.

쒸익! 쒸쒸쉭— 파파파파!

두 개의 식칼에서 일어난 수백 개의 그림자가 무혼과 아스고드를 향해 폭풍처럼 쇄도했다. 화가 머리끝까지 치솟은 모그는 정령과 아스고드를 가리지 않고 둘 다 육편으로 만들어 버리겠다는 의지를 불태우고 있었다.

그의 공격은 실로 가공했지만 만일 아스고드의 몸이 멀쩡했더라면 어렵지 않게 피해 냈을 것이다. 설령 모두 피해 내지 못한다 해도 그의 몸에 강력한 얼티메이트 다크 실드를 형성해 아무런 상해도 입지 않을 수 있었다.

그러나 지금 아스고드의 상태는 정상이 아니었다. 그는 여전히 전신에 엄습한 엄청난 고통에 눈앞에 캄캄해져 있었다. 그러다 보니 분노에 눈이 뒤집힌 모그의 식칼 공세를 맨몸으로 받아내고 말았다.

스컥! 스커커커컥!

뼈마디가 잘려 나가는 섬뜩한 파골음과 함께 아스고드의 몸은 수백 조각으로 갈기갈기 찢겨 나가 버렸다. 아스고드는 비명조차 지르지 못하고 죽었다.

콰아앙!

동시에 그의 가슴에 있던 다크 하트가 터져 나갔다. 그로부터 흘러나온 막대한 마기는 마치 빨려들 듯 무혼의 코로 흡수되어 그의 상단전으로 들어가 버렸다.

"쿠어?"

모그는 그제야 자신이 무슨 일을 벌였는지 알고는 두 눈을 부릅떴다. 멍한 표정으로 식칼을 아래로 내려뜨린 그의 가슴을 향해 시퍼런 빛 하나가 날아들었다.

파악!

모그는 반사적으로 고개를 숙여 자신의 가슴에 박힌 물건을 확인했다. 다름 아닌 포크였다. 그것이 포크인 것을 알게 된 순간 그는 어이없어하는 표정을 지었지만, 그게 그가 세상에서 지은 마지막 표정이었다.

콰아아앙!

가공할 폭음과 함께 포크가 폭발했고 모그의 몸은 무참한 육편이 되어 바닥으로 무너져 내렸다.

츠으으읏.

무혼은 모그의 다크 하트로부터 진원마기를 흡수하며 마지막 남은 마족 자스탄을 스윽 노려봤다.

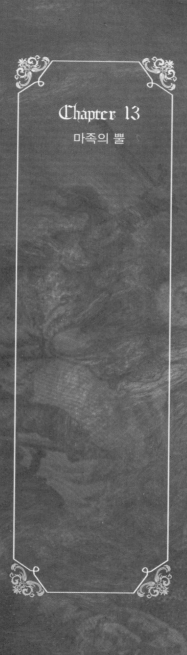

Chapter 13

마족의 뿔

　최상급 마족 자스탄은 지금 자신 앞에서 벌어진 일을 도무
지 믿을 수 없었다. 그가 그나마 수긍할 수 있는 부분은 조
금 전 아스고드가 먹을 것을 가지고 장난을 치려다 그의 추
궁을 듣고 곧바로 정령을 향해 식칼을 휘둘렀던 딱 그때까지
였다.

　그 후부터 상황이 뭔가 이상해지기 시작했다. 갑자기 정령
이 뒤로 넘어가며 아스고드의 식칼을 피해 내는가 싶더니, 공
교롭게도 그 식칼이 날아가 모그의 오른 팔뚝에 박히는 게
아닌가?

하도 기막혀 멍하게 지켜보는 순간 더욱 황당한 상황이 발생했다. 아스고드가 또다시 휘두른 식칼도 빗나갔고, 그 식칼이 모그의 옆구리에 박혀 버린 것이다.

이에 분개한 모그가 양손에 식칼을 쥐고 아스고드에게 덤벼드는 순간 자스탄은 뭔가 잘못되었다는 생각에 황급히 그를 막기 위해 신형을 움직였다.

그러나 바로 그때 자스탄을 향해 새하얀 광채에 둘러싸인 포크가 빛살처럼 날아오는 것이 아닌가?

오러 블레이드!

그것도 보통의 오러 블레이드가 아니라 오러 블레이드의 극치라 불리는 인텐스 오러 블레이드였다. 그것에 적중당하면 아무리 최상급 마족인 자스탄이라 해도 무사할 수 없는 터라 그는 기겁하며 몸을 이동해 피했다.

그런데 인텐스 오러 블레이드에 휩싸인 포크는 마치 살아 있는 듯 자스탄을 따라붙었다. 그는 혼신의 힘을 다해 포크를 피했고, 그 와중에 모그가 휘두른 식칼에 아스고드가 육편으로 변해 버리는 경악할 만한 광경을 목격했다.

그뿐이 아니었다. 새처럼 날아들어 그를 쫓아오던 포크가 어느새 정령의 손으로 돌아가 있었다. 정령은 아스고드를 죽인 충격에 휩싸여 있던 모그의 가슴에 포크를 집어 던졌고 그것을 폭발시켜 버렸다.

그렇게 순식간에 상급 마족 아스고드와 모그가 정령의 손에 죽음을 당한 어이없는 상황이 벌어지고 말았다.

더욱 경악할 만한 일은 두 마족이 가진 다크 하트에서 빠져나온 암흑 마나를 정령이 모조리 흡수해 버렸다는 것이었다.

그제야 자스탄은 자신의 눈앞에 서 있는 저 흑발 청년 정령의 정체를 얼핏 추정할 수 있었다.

"크으으! 네, 네놈이 혹시 그놈이냐?"

무혼은 싸늘히 웃었다.

"그렇게 물으면 내가 뭐라고 대답해야 하나? 그놈이 누군지 알아야 나도 대답을 하지."

"으득! 닥쳐라! 네놈이 분명 우리 마족들을 죽이고 다닌다는 그 인간 놈이 아니더냐? 인간인 네놈이 어떻게 이곳 정령의 숲에 들어왔느냐?"

"그거야 나도 묻고 싶은 말이군. 여긴 마족이 들어올 수 있는 곳도 아니거든."

"크큭! 그건 알 거 없다. 네놈이 용케 얕은수를 부려 모그와 아스고드를 죽였다만 그따위 수작이 최상급 마족인 내게도 통할 거라 생각한다면 실로 오산이다."

그 순간 그렇지 않아도 거대했던 자스탄의 몸이 두 배로 커졌다. 그의 두 눈에서 시뻘건 광망이 번뜩였다.

"건방진 인간 놈! 이제 네놈에게 최상급 마족이 어떤 존재인지 보여 주마. 나는 너 따위 하찮은 인간 놈이 어찌할 수 없는 지고한 존재란 걸 알게 되리라."

"네가 그렇게 지고한 존재라면 이따위 식칼 정도는 두려워하지 않겠군."

무혼이 손을 슬쩍 휘젓자 바닥에 널브러졌던 아스고드의 식칼 두 개가 허공으로 둥실 떠오르더니 곧장 자스탄을 향해 날아갔다.

쉭! 쉬익!

바람처럼 날아드는 식칼에는 새하얀 광채가 어려 있었다. 하나의 식칼은 정면으로 날아들고 다른 하나는 방향을 선회해 우측으로 길게 날아들었다. 그렇게 직선과 곡선의 두 궤적이 그를 향해 그려졌다.

'크으! 이럴 수가!'

불과 두 개의 궤적일 뿐이지만 자스탄은 자신이 어느 쪽으로 이동해도 이 둘 중 하나의 궤적에 꼬치처럼 꿰일 수밖에 없단 걸 깨닫고는 경악을 금치 못했다.

피할 수 없다면 정면으로 맞서야 한다!

자스탄은 전신에 수십 겹의 얼티메이트 다크 실드를 두르고 그가 가진 궁극의 주술을 펼쳤다. 자신의 암흑 마나를 대거 폭발시켜 일정 반경 이내에 위치한 모든 것을 파괴해 버리는 암흑의 붕멸(崩滅)이었다.

그 붕멸의 반경에 휘말리면 최상급 마족인 라사라라 해도 무사하지 못한다. 어지간한 드래곤들이나 최상급 정령들쯤은 그 즉시 붕멸되어 흩어져 버릴 것이다.

그렇게 강력한 위력을 가진 주술인 만큼 한 번 펼치고 나면 잠시 동안 무력한 상태에 빠지게 되는 단점이 있었다. 그래도 반드시 해치워야 할 강적을 만났을 때는 가히 필살의 위력을 발휘한다고 할 수 있었다.

자스탄은 자신이 암흑의 붕멸을 펼친 이상 건방진 인간은 물론 두 개의 식칼도 모두 가루로 변해 흩어져 버렸으리라 확신했다.

그러나 그러한 확신은 순식간에 깨지고 말았다. 암흑의 붕멸이 형성한 가공할 대폭발의 힘이 전면에 형성된 새하얀 광채의 막을 뚫지 못한 것이었다.

그 광채의 막은 새하얀 빛을 발하는 두 개의 식칼에서 비롯된 것으로, 오히려 자스탄이 형성한 암흑의 붕멸을 뒤로 밀어내 버렸다. 그로 인해 자스탄은 자신이 펼친 암흑의 붕멸에 휩싸이고 말았다.

콰콰쾅! 콰콰콰쾅!

자스탄은 자신의 몸을 두른 수십 겹의 얼티메이트 다크 실드들이 순식간에 파괴되는 것을 느끼며 기겁했다. 이대로라면 그 자신이 붕멸에 휘말려 파괴되어 버릴 위험이 있었다. 그는 다급히 암흑의 붕멸 주문을 거두어들였다.

좌악! 좌악―!

바로 그 순간 식칼들이 바람처럼 날아들어 자스탄의 몸을 스치고 지나갔다. 최후의 비기였던 암흑의 붕멸을 펼친 여파로 잠시 동안 무기력한 상태에 돌입했던 터라 그는 식칼들을 피해 내지도, 막아 내지도 못했다.

"끄으으으으윽!"

곧바로 그의 몸에 시뻘건 혈선들이 수없이 생겨났고, 그는 비통한 표정으로 얼굴을 일그러뜨렸다.

"끄으으으! 부, 분하다. 이, 이 복수는 유레아즈 님이 반드시 해 주실 것……."

자스탄은 말을 미처 마치지 못했다.

후두두둑.

그의 몸은 수백 토막의 육편으로 변해 바닥으로 널브러졌다.

콰앙!

상공을 누비던 두 개의 식칼이 바닥으로 내리꽂히며 자스탄의 다크 하트를 박살 내 버렸다.

츠읏! 츠으으읏!

무혼은 박살 난 다크 하트로부터 진원마기를 모조리 흡수한 후 바닥에 떨어진 자스탄의 뿔을 주워 들었다.

이로써 차원의 보주를 만드는 데 필요한 재료 중 하나인 마족의 뿔도 획득했다. 하나면 되지만 혹시 또 모르니 모그와 아스고드의 뿔들도 모두 주워 아공간에 입고시켰다.

'음, 동굴이 무너지고 있군.'

조금 전 자스탄이 펼쳤던 암흑의 붕멸의 여파 때문인지 제단이 흔들리며 무너지려 하고 있었다. 무혼은 황급히 미로를 빠져나갔다.

드드드드.

큰 지진이라도 난 듯 땅이 세차게 흔들리자 감옥에 갇힌 정령들뿐 아니라 간수 정령들도 불안한 듯 마족들이 있는 지하 동굴 쪽을 쳐다봤다.

그때 무혼이 지하 동굴에서 휙 튀어나왔다. 경악하며 두 눈을 부릅뜨는 간수 정령들의 몸체들이 곧바로 가루로 변해 흩어져 버렸다.

눈 깜짝할 사이에 간수 정령 10여 명이 사라져 버리자 감옥의 창살을 통해 그것을 본 정령들의 두 눈이 휘둥그레졌다.

슥.

무혼이 손을 휘젓자 감옥의 창살이 사라졌다. 동시에 정령들의 몸을 휘감고 있던 주술의 밧줄들도 모조리 끊어졌다.

"이, 이게 어떻게 된 거야?"

"이럴 수가! 주술의 밧줄이 사라졌다!"

간수 정령들이 죽은 데 이어 감옥의 창살이 부서져 버리고, 주술의 밧줄이 끊어진 것은 실로 놀라운 일이었다. 정령들이 멍하니 자신을 쳐다보고 있는 것을 본 무혼이 다급히 외쳤다.

"잠시 후면 이곳도 무너진다. 빨리 이곳을 빠져나가라."

무혼의 말대로였다. 땅이 더욱 세차게 흔들리는가 싶더니 갑자기 함몰되며 바닥으로 꺼지고 있었다. 기겁한 정령들이 전력을 다해 바깥으로 빠져나갔다. 무혼의 신형도 사라졌다.

우르르르! 콰아아앙!

그렇게 정령의 도시 지하에 존재하던 거대한 감옥은 마족들의 뱃속에서 소화된 후 카르의 돌이 되어야 했던 가난한 정령들의 슬픔을 간직한 채 역사 속으로 사라지고 있었다.

그 모습을 쓸쓸히 바라보고 있는 무혼의 귀에 돌연 고양이 울음소리가 들렸다.

"냐앙?"

물론 진짜 고양이는 아니었다. 고양이 흉내 내기 좋아하는 이상한 가디언 포티아의 울음소리였다.

"주인, 나 왔다옹."

"그들을 찾았느냐?"

그러자 포티아가 득의만만한 표정을 지었다.

"크큿! 당연하다. 놈들은 도시 동쪽 지하 던전에 웅크리고 있었지만 내 코를 속일 수는 없었지. 거기엔 드래곤 둘과 정령들이 제법 있었다. 대부분 팔자가 편해 보였다웅."

팔자가 편해 보인다는 게 무슨 뜻일까? 어쨌든 아그노스와 포르티가 살아 있음이 확인되는 순간이었다. 무혼은 그들과 함께 있는 정령들 중에 실피가 있는지 확인해 보기로 했다.

"수고했다. 지금 즉시 나를 그곳으로 안내해라."

"냐앙."

포티아는 고개를 끄덕이고는 바람처럼 달려갔다.

잠시 후 무혼은 포티아를 따라 도시 동쪽 지하 던전의 미로로 들어섰다. 마족들이 있던 도시 서쪽 지하 미로보다 훨씬 복잡하고 방대한 미로가 도시 동쪽 지하에 존재할 줄이야.

그러고 보니 네리나는 이곳 던전의 미로에 고대의 괴수들이 우글거리고 있으며, 그곳 어딘가에 무혼이 찾는 재료 중하나인 땅의 정화가 있다고 했었다. 드래곤 포르티가 그것을 구해 놓겠다고 자신했는데 어찌 되었을지는 모를 일이었다.

그렇게 잠시 이동했을까?

꼬불꼬불한 동굴의 갈림길들을 수없이 지나니 앞쪽에 석실이 하나 나타났다. 은은한 빛이 새어 나오는 석실의 입구에는 우락부락한 인상을 가진 상급 정령들이 꾸벅꾸벅 졸며 보초를 서고 있었다.

딱 보니 네리나의 부하 정령들 같았다. 그들은 졸기로 작정했는지 포티아와 무혼이 석실 안으로 들어가도 알아채지 못했다.

석실 내부는 제법 큼직했다. 투박해 보이지만 돌침대와 식탁, 주방 시설까지 갖추어 있었다. 양쪽 벽에는 어디서 가져왔는지 푹신한 소파들도 보였다.

왼쪽 벽의 소파에는 붉은 머리의 청년과 푸른 머리의 여인이 사이좋게 앉아 수백 권의 장서(?)를 쌓아 놓은 채 키득거리며 보고 있었다.

다름 아닌 드래곤 포르티와 아그노스였다.

그들뿐이 아니었다. 오른쪽 벽 앞의 소파에는 정령들이 잔뜩 모여 있었는데 모두 상급 정령들이었다. 그들 역시 수백여 권의 장서들을 쌓아 놓고 신 나게 책을 보고 있었다. 그 정령들 중에는 무혼에게 매우 낯익은 바람의 정령도 하나 보였다.

소파에 비스듬히 누운 채로 야한 정령이 어쩌고 하는 제목의 책을 흥미진진하게 보고 있는 바람의 상급 정령은 다름 아닌 실피였다. 그녀 옆에는 책 몇 권을 베개 삼아 잠을 자고 있는 네리나의 모습도 보였다. 카르카스에게 죽었다는 네리나가 이곳에 버젓이 살아 있을 줄이야.

"냐아옹!"

그때 갑자기 고양이 울음소리가 들리자 모두들 깜짝 놀라 고개를 돌렸다. 과연 귀엽게 생긴 자그만 고양이 하나가 그곳에 서 있었다.

그러나 그들을 경악하게 만든 것은 고양이 옆에 우두커니 서 있는 흑발 청년이었다. 모두들 책에 정신에 팔리거나 잠을 자느라 무혼이 왔는지도 모르고 있었던 것이다.

"무, 무혼!"

"엉? 언제 왔냐, 무혼?"

"흑! 마스터……!"

아그노스와 포르티가 반색하며 벌떡 일어났다. 보던 책을 집어 던지고 벌떡 일어나는 실피의 두 눈에는 눈물이 고여 있었다.

〈다음 권에 계속〉